Arena-Taschenbuch
Band 51031

Weitere Bücher von Angela Waidmann im Arena Verlag:
Zoe. Das Glück hat vier Hufe. Filmstars im Galopp
Zoe. Das Glück hat vier Hufe. Ritt in die Freiheit

Angela Waidmann, 1965 geboren, im Rheinland aufgewachsen, schreibt Geschichten, seit sie fünf Jahre alt ist. Nach ihrem Examen als Historikerin machte sie sich selbstständig und arbeitet u. a. als Journalistin. Die begeisterte Reiterin schreibt Pferdefachbücher und veröffentlichte zahlreiche Kinder- und Jugendbücher, darunter viele Pferderomane. Mit ihrem Mann und ihrem Sohn, dem Lusitano-Wallach Vingador und Katze Niki lebt sie in einem Dorf im Spessart.

Kapitel 1

Lauter komische Heilige

In gestrecktem Galopp donnert Filou über den sandigen Feldweg. Der Wind pfeift in meinen Ohren und zerrt an meinen langen Haaren und ich bin so glücklich, dass ich laut losjubeln könnte. Aber ich weiß, dass Filou dann vor lauter Übermut und Freude wild losbuckeln würde. Und ich hab absolut keine Lust, ausgerechnet bei meinem ersten Ausritt seit Wochen im Dreck zu landen.

„He, Filou, brrr, langsam", sage ich und nehme die Zügel ein bisschen fester an, als wir uns der Straße nähern.

Mein Pony wird sofort langsamer, fällt aus dem Galopp in seinen typischen, wiegenden Zuckeltrab und geht kurz vor der Straße in Schritt über.

„Braaav gemacht, mein Schatz", lobe ich es und klopfe seinen kräftigen Hals.

War das ein schöner Ausritt! Es ist schon Ende Juni, aber erst seit ein paar Tagen scheint wieder die Sonne. Einen Monat lang hat es fast nur geregnet. Und ausgerechnet in der letzten Woche habe ich so viel für die letzte Mathearbeit vor den Zeugnissen pauken müssen, dass ich überhaupt nicht zum Reiten gekommen bin. Es war wirklich höchste Zeit, wieder auf Filous Rücken zu sitzen.

Wir überqueren die Straße und biegen auf den Rückweg zum Hof Buchental ein, unserem Reitstall.

Mit einem glücklichen Seufzer lege ich den Kopf auf Filous Mähne. „Hach, mein Alter, du bist wirklich das beste Pony auf der Welt“, flüstere ich.

Da bleibt er stehen und spitzt die Ohren.

Ich richte mich auf und sehe mich um.

Aha. Am anderen Ufer des Höllbaches, direkt neben der alten Steinbrücke, stehen Birte und Paulina und winken mir zu.

„Beeile dich, Zoe! Die neuen Pferde kommen gleich an!“, ruft Birte.

„Die Besitzer haben gerade bei Herrn Sattler angerufen. In ungefähr zehn Minuten wollen sie da sein“, fügt Paulina hinzu.

Ich drücke Filou meine Fersen in die Flanken und er setzt sich wieder in Bewegung.

„Dann machen wir schnell. Danke!“, rufe ich zurück.

Aber meine gute Laune hat einen kleinen Dämpfer bekommen. Wenn die Neuen schon in zehn Minuten da sind, komme ich bestimmt nicht mehr rechtzeitig im Stall an, um das Ausladen zu beobachten, egal wie sehr wir uns beeilen.

Das müsste eigentlich gar nicht so sein. Normalerweise würden mein Pony und ich von hier aus nämlich keine fünf Minuten bis zu unserem Reitstall brauchen. Wenn … ja, *wenn* mein lieber Filou sich denn überwinden könnte, die steinerne Brücke zu betreten, die von hier aus über den Höllbach führt.

Aber genau das macht er nicht.

In den sechs Jahren, die er nun schon auf Hof Buchental

wohnt, hat er kein einziges Mal auch nur einen Huf auf diese Brücke gesetzt. Dabei hat er ansonsten mit Brücken überhaupt kein Problem.

Mama und ich haben wirklich *alles* versucht – und zwar alleine, mithilfe von selbst ernannten Pferdeexperten und mit richtigen Pferdekennern wie zum Beispiel Herrn Sattler, dem Besitzer von Hof Buchental. Jedes Mal passiert das Gleiche: Filou nähert sich der Brücke, wird langsamer, beginnt, laut zu schnaufen, sein Hals wird feucht vor Schweiß … und dann bleibt er stehen und starrt mit weit aufgerissenen Augen die Brücke an, den Kopf hoch in der Luft. Und er bewegt sich keinen Millimeter mehr voran.

Egal, was wir auch versucht haben, von gutem Zureden über andere Pferde, die ihm ruhig und vertrauenerweckend vorausgegangen sind, bis zu Leckerlis direkt vor seiner Nase – nichts und niemand konnte ihn zum Weitergehen bewegen.

Irgendwann hat irgend so ein Idiot, dessen Namen Mama und ich seitdem nicht mehr in den Mund nehmen, unserem armen Pony deswegen sogar eine saftige Tracht Prügel verpasst. Daraufhin hat sich Filou tatsächlich in Bewegung gesetzt, aber im Rückwärtsgang!

Jedenfalls ist eines sonnenklar: Etwas, das sich auf dieser Brücke befindet, jagt unserem Pony schreckliche Angst ein. Aber wir haben absolut keine Ahnung, was das ist.

Dabei finde ich diese Brücke sogar besonders schön. Sie ist schon ein paar Hundert Jahre alt und aus weißen Steinen erbaut. In einem eleganten Bogen schwingt sie sich über den Bach, ihr niedriges Geländer wird von zierlichen

Säulchen getragen und in ihrer Mitte steht die fast lebensgroße Figur irgendeines komischen Heiligen.

Doch ich fürchte, nicht einmal dessen fromme Fürbitte könnte Filou bei seiner merkwürdigen Furcht helfen. Darum haben wir es inzwischen aufgegeben, weiter nach der Ursache für seine Angst zu forschen. Stattdessen nehmen wir treu und tapfer einen Umweg, der mitten durch ein Wohngebiet zum Hof Buchental führt. Und dieser Umweg dauert leider geschlagene zwanzig Minuten – unter anderem, weil wir dort aus Sicherheitsgründen immer aus dem Sattel steigen und Filou führen. Meistens ist in diesem Wohngebiet nämlich jede Menge los: Autos und Motorräder kurven knatternd und hupend durch die Straßen, Kinder spielen laut in den Gärten und Hunde springen bellend hinter Hecken hervor – oft genau dann, wenn man überhaupt nicht damit rechnet.

Komischerweise macht diese Unruhe unserem Filou viel weniger aus als der absolut friedliche, ja sogar romantische Anblick der Höllbachbrücke. Überhaupt muss schon einiges passieren, bis unser erfahrenes, altes Pony in Panik ausbricht. Und eigentlich haben wir uns schon längst mit seinem Höllbachbrücken-Tick abgefunden.

Heute allerdings ist dieser blöde Umweg für mich eine echte Nervenprobe. Schließlich munkelt man bei uns im Reitstall seit Tagen, dass die beiden neuen Pferde, die sich gerade auf dem Weg dorthin befinden, Barockpferde sein sollen, vielleicht Andalusier ... oder doch eher Friesen ... oder Lipizzaner, die berühmten weißen Pferde aus der Wiener Hofreitschule?

Wenn wirklich etwas dran ist an diesem Gerücht, dann sind die beiden die ersten richtigen Barockpferde in unserem Reitstall! Und das wäre echt ein Ding. Ich hab Herzklopfen gekriegt, als ich zum ersten Mal davon gehört habe. Ich finde Barockpferde nämlich superklasse. Sie sind so beeindruckend kraftvoll und elegant, einfach wunderschön!

Filou würde ich natürlich für nichts in der Welt hergeben. Auch nicht für ein Barockpferd. Er ist zwar „nur" ein einundzwanzig Jahre altes Pony ohne Papiere, aber er ist total niedlich mit seinen großen dunklen Augen, der langen Mähne, dem dichten Schweif und dem kräftigen Ponykörper. Außerdem ist er ein herzensguter Kumpel, wie man keinen besseren finden kann. Mama hat ihn gekauft, als er drei Jahre alt war. Da war sie selbst gerade mal achtzehn. Und ich bin sozusagen auf Filous Rücken groß geworden. Für mich ist das der schönste Platz der Welt.

Trotzdem will ich die Ankunft der neuen Pferde nicht verpassen. Ich könnte natürlich ausnahmsweise mal nicht zu Fuß durch das Wohnviertel gehen, sondern reiten. Dann sind wir bestimmt schneller. Und wenn ich Filou ein bisschen antreibe, sodass er nicht gemütlich vor sich hin tappt, sondern in einem richtig schnellen Schritt geht, dann, hoffentlich …

Okay, ein Risiko ist schon dabei. Aber bestimmt nur ein ganz kleines.

„Cool bleiben, Zoe!", sage ich leise zu mir selbst, als wir das Wohnviertel erreicht haben. Doch Filou hat schon gemerkt, dass ich ein bisschen aufgeregt bin, denn er bläht die Nüstern und wirft unruhig den Kopf. Ausgerechnet hier, in der Amselstraße mit den vielen spielenden Kindern und herumfahrenden Autos, können wir das absolut nicht gebrauchen. Erst recht nicht an diesem sonnigen Samstagnachmittag, an dem sämtliche Bewohner dieses Viertels ihre Vorgärten auf Vordermann bringen.

„Ist doch alles gut, mein Dicker", flüstere ich mit betont ruhiger Stimme und klopfe Filou den Hals. Das wirkt.

Na ja, wenigstens kurzfristig. Denn als ein paar Straßen weiter Autoreifen quietschen, zucke ich zusammen und Filou reißt sofort wieder den Kopf hoch.

Ich atme tief durch.

Verdammt! Und warum müssen ausgerechnet jetzt mindestens zwei Dutzend kleine Kinder den Gehweg unsicher machen, während ihre sämtlichen Väter hämmernd ihre Gartenzäune reparieren? Als dann plötzlich direkt neben uns, versteckt hinter einer Hecke, jemand seinen Rasenmäher startet, macht Filou einen erschrockenen Satz, bleibt mitten auf der Fahrbahn stehen und starrt schnaufend nach rechts.

So was ist uns noch nie passiert. Und ausgerechnet heute … Vorsichtig treibe ich mein Pony an. Tatsächlich geht Filou brav weiter, aber der Schreck wirkt nach, denn jetzt zuckt er andauernd zusammen: als neben ihm ein Kind auf seinem Roller aus einer Einfahrt fährt, als ein Motorrad hinter ihm über die Kreuzung knattert, als jemand in einiger Entfernung einen Traktor anlässt …

Sollte ich doch noch besser absteigen und mein Pony führen?

Nein.

Wir schaffen das schon. Es ist ja auch gar nicht mehr weit.

„Nur noch um die Kurve, dann sind wir gleich da“, murmele ich und kraule Filous dichte Mähne.

Er schnaubt und senkt ein wenig den Kopf.

Das ist ein gutes Zeichen, offenbar entspannt er sich jetzt ein bisschen. Ich atme tief durch.

Plötzlich zerreißt ein ohrenbetäubender Lärm die Luft.

Mein Pony macht einen Riesensatz; ich kapiere gerade noch, dass rechts über uns irgendein Dummkopf in einem Baum hockt und ihn mit seiner Motorsäge traktiert, da fällt auch schon krachend ein dicker Ast zu Boden. Und Filou ergreift die Flucht. In gestrecktem Galopp rast er los, aus dem Wohnviertel hinaus in die Kastanienallee.

Der Verzweiflung nahe, drücke ich meine Knie an seinen Bauch, nehme die Zügel an und keuche: „Braaav, mein Schatz. Ganz ruhig.“

Aber meine Stimme ist so zittrig, dass sie mit Sicherheit alles andere als beruhigend wirkt. Und der arme Filou hat solche Angst, dass er sowieso nicht mehr zu bremsen wäre. In vollem Galopp jagt er an den dicken, alten Bäumen vorbei, durch das Tor von Hof Buchental, in den gepflasterten Innenhof hinein ... und kann gerade noch vor dem Geländewagen bremsen, der soeben mitten im Hof hält.

Ich verliere den Halt, lande mit Wucht auf Filous Hals und klammere mich krampfhaft in seine Mähne ...

Okay. Es ist alles gut. Wir leben noch. Ich bin sogar halbwegs oben geblieben, registriere ich atemlos. Mit wummerndem Herzen und zitternden Knien richte ich mich vorsichtig auf – und sehe direkt in das erschrockene Gesicht des Mannes am Steuer des Geländewagens. Neben ihm sitzt ein Junge, der offenbar nur wenige Jahre älter ist als ich.

Irre ich mich oder zieht sich über sein Gesicht gerade ein breites Grinsen?

Du arroganter Idiot!, denke ich. Immer noch zittrig, aber gleichzeitig innerlich fluchend gleite ich langsam aus dem Sattel und sehe mich um.

Na bravo! Der Hof ist voller Leute. *Natürlich* haben sich fast alle Reiter versammelt, um die neuen Pferde ankommen zu sehen. Und ich Depp hab ihnen eine dramatische Show-Einlage als Vorprogramm geliefert.

„Ist mit euch alles in Ordnung?“ Frau Sattlers Stimme dringt durch meinen Ärger. Sie steht neben mir, streichelt meinem schnaufenden Filou den Hals und sieht mich besorgt an.

„Äh … ja, ich denke schon“, erkläre ich und gehe los, um Filou herumzuführen, bis er sich beruhigt hat. Aber meine Beine fühlen sich an wie Gummi, sodass ich mich nach wenigen Schritten erst mal wieder an mein Pony lehnen muss.

„Was ist denn passiert?“, fragt mich Birte, die mit Paulina neben uns auftaucht.

„Im Wohngebiet war die Hölle los“, berichte ich. „Und dann hat auch noch so ein Spinner direkt neben uns seine Motorsäge angeschmissen und einen dicken Ast abgesägt. Das war für Filou zu viel.“

„Kein Wunder. Armes Pony." Mitfühlend krault ihn Paulina zwischen den Ohren.

„Das war grob fahrlässig von dem Mann! Aber die meisten Leute haben einfach keinen blassen Schimmer von Pferden." Ärgerlich schüttelt Frau Sattler den Kopf. „Weißt du, was, Zoe, ich versorge dein Pony und du setzt dich solange auf die Bank unter der Linde. Sieh erst mal zu, dass du wieder einen klaren Kopf bekommst." Sie lächelt mich ermutigend an.

Die gute Frau Sattler! Sie hat fast immer Verständnis, für uns Reiter ebenso wie für die Pferde.

„Vielen Dank!", seufze ich und schleiche, von Birte, Paulina und den neugierigen Blicken sämtlicher Anwesender begleitet, zu der großen Linde in der Mitte des Hofes. Dort lasse ich mich auf die Bank sinken.

Nach ein paar tiefen Atemzügen stelle ich zu meiner Erleichterung fest, dass ich – erstens – trotz der vielen Zuschauer den Pferdetransporter von hier aus ganz gut sehen kann und dass mich – zweitens – jetzt auch niemand mehr anstarrt. Offenbar sollen nun endlich die neuen Pferde ausgeladen werden, denn gerade öffnet sich die Beifahrertür und der Junge steigt aus.

„Der sieht ja wohl echt gut aus", wispert Paulina neben mir und Birte kichert.

Na schön, „hässlich" ist echt was anderes: Der Junge ist schlank und ziemlich groß. Er wirkt sportlich und irgendwie fremdartig und faszinierend. Das liegt zum Teil an seinen pechschwarzen lockigen Haaren, die sich bis tief in seine Stirn und über seine Ohren ringeln, und an seinen dunklen Augen. Aber vor allem sind seine geschmeidigen Bewegungen daran schuld. Ich muss spontan an einen Panther denken.

Doch gleichzeitig wird mir klar, dass ich den Jungen total unsympathisch finde. Sein arrogantes Grinsen eben hat einen schlechten ersten Eindruck hinterlassen!

Nun öffnet sich die Fahrertür und heraus steigt ein Mann, der dem Jungen sehr ähnlich sieht. Aber er ist ungefähr einen Kopf kleiner und mit Sicherheit mindestens vierzig. Außerdem trägt er einen kurzen Bart und seine schwarzen Haare sind schulterlang, was ich angesichts seines gesegneten Alters ziemlich merkwürdig finde.

Freundlich grüßend nicken die beiden in die Runde der Zuschauer. Es scheint ihnen nichts auszumachen, dass sich wegen ihnen und ihrer Pferde jede Menge fremder Leute hier versammelt haben.

Paulina und Birte flüstern miteinander, dann kichern sie leise.

Ich beuge mich zu ihnen hinüber, um mitzukriegen, worüber sie lachen. Doch da öffnet der Junge die Klappe des Pferdetransporters und von drinnen ertönt ein so tiefes und durchdringendes Wiehern, dass es mir durch Mark und Bein fährt.

Das klingt ja ganz nach einem Hengst!

Ich recke mich, um besser sehen zu können.

Der Mann, bestimmt der Vater des Jungen, geht in den Anhänger hinein. Kurz darauf verraten dumpfe Hufschläge, dass ein Pferd den Transporter verlässt.

Wir stehen auf, um nur ja nichts zu verpassen.

Und dann drohen mir schon wieder die Knie weich zu werden. Das liegt zum Glück aber nur an dem Pferd, das gerade die Rampe hinuntergeht und hinaus ins helle Sonnenlicht tritt.

„Oha!“, haucht Birte ergriffen.

Denn der Rappe, der nun im Hof steht und sich mit hoch aufgerichtetem Hals und gespitzten Ohren umsieht, gehört zu den schönsten Pferden, die ich jemals gesehen habe. Sein schwarzes Fell glänzt in der Sonne, gelockt fällt die lange Mähne über seinen muskulösen Hals. Mit seiner runden Kruppe, der breiten Brust und dem schwarzen Behang an seinen kräftigen Fesseln wirkt er beeindruckend stark. Überhaupt ist er einfach wunderschön.

„Das ist ein richtiger, echter Friese“, flüstert Paulina.

„Und eindeutig ein Hengst“, ergänze ich.

Der Mann gibt seinem Sohn den Führstrick und geht zurück in den Anhänger, um das zweite Pferd auszuladen.

„Ob da noch mal so ein Traumtier herauskommt?“, fragt Birte.

„Also, das kann ich mir kaum vorstellen.“ Paulina schüttelt den Kopf.

Doch der Schimmel, der nun aus dem Transporter klettert, ist nicht weniger schön und eindrucksvoll als sein schwarzer Artgenosse: genauso rund und kräftig, mit einem ebenso muskulösen Hals, über den eine feine silbrige Mähne fällt. Seine ausdrucksvollen schwarzen Augen schauen sich interessiert die vielen Menschen an, die es ebenso fasziniert mustern wie meine Freundinnen und ich.

„Märchenpferde“, urteilt Paulina.

Ich nicke und beobachte aufmerksam die beiden Hengste, die ein paar Meter voneinander entfernt in der Sonne stehen und sich von den Leuten um sie herum kein bisschen aus der Ruhe bringen lassen. Im Gegenteil, es scheint fast so, als würden sie die Aufmerksamkeit richtig genießen!

Den Blick des Jungen, der den schwarzen Friesen am Strick festhält, kann ich dagegen nur schwer deuten. Nervt es ihn, dass er und sein Pferd so unverblümt neugierig angestarrt werden? Oder amüsiert er sich heimlich über unsere dummen Gesichter? Herr Sattler geht zu den beiden hinüber und wechselt ein paar Worte mit ihnen. Dann marschieren sie los, quer über den Hof und durch das kleine Seitentor, das über einen gepflasterten Weg zur Reithalle und zu den Weiden führt.

Prompt löst sich die Menge auf.

„Hab ich mir doch gedacht, dass die neuen Pferde im großen Laufstall untergebracht werden“, meint Pauline.

„Aha. Und wie kommt ihr darauf?“, frage ich.

„Na, weil die Sattlers den Laufstall in den letzten Tagen mächtig aufgemöbelt haben. Die Zäune haben sie auch repariert“, klärt mich Birte auf.

„Außerdem ist es nur logisch, dass die beiden Hengste dort wohnen sollen“, ergänzt Paulina. „Vorher hat da schließlich auch Florento gestanden.“

Der Zuchthengst der Sattlers ist vor zwei Monaten gestorben. Er war schon fast dreißig Jahre alt und ist eines Morgens einfach nicht mehr aufgewacht. Wir waren ziemlich geschockt und fast so traurig wie die Sattlers. Aber wenigstens hatte Florento ein langes und bestimmt auch ein schönes Leben.

„Weil du seit dem letzten Wochenende nicht mehr hier gewesen bist, hast du den Umbau gar nicht mitgekriegt", meint Birte.

Paulina legt mir tröstend den Arm um die Schulter. „Ist echt hart, wenn einen die Schule vom richtigen Leben fernhält, oder?"

„Allerdings", seufze ich. „Aber jetzt ist die elende Paukerei endlich vorbei."

Was die Mathearbeit angeht, hab ich gar kein so schlechtes Gefühl. Eine Vier wird's, denke ich, schon werden. Mit Glück vielleicht sogar eine Drei. Die wäre für mich in Mathe schon fast eine Heldentat.

Paulina grinst. „Jetzt bist du ja wieder ganz gut auf dem Laufenden. Deinen Schreck von eben scheinst du auch halbwegs überwunden zu haben. Und schau mal: Sogar dein total fertiger Filou hat sich wieder einigermaßen beruhigt."

Da hat sie recht. Frau Sattler hat mein verschwitztes Pony noch eine Zeit lang herumgeführt, damit es sich langsam wieder abkühlen konnte. Dann hat sie ihm das Kopfstück abgenommen und ein Halfter angezogen. Gerade bindet sie es an einem Ring in der Außenmauer der Stallungen fest, damit sie es absatteln und ihm die Beine abspritzen kann. Wir gehen zu den beiden hinüber.

Mit gespitzten Ohren und nun wieder ganz ruhigen Augen schaut Filou mich an. Er scheint die wilde Jagd fast besser weggesteckt zu haben als ich.

„Lassen Sie mal, das übernehme ich“, erkläre ich und nehme Frau Sattler den Wasserschlauch aus der Hand. „Auf jeden Fall vielen Dank für Ihre Hilfe.“

Sie lächelt. „Keine Ursache, wirklich. Du warst doch eben mindestens genauso fix und fertig wie dein Pony. Wenn ich bedenke, was euch beiden alles hätte passieren können …“ Liebevoll krault sie Filou zwischen den Ohren.

Inzwischen habe ich ein fürchterlich schlechtes Gewissen. Ich weiß ja genau, dass ich in dem Wohngebiet unbedingt hätte absteigen müssen. Alles andere hat meine Mutter mir auch streng verboten. Und bisher habe ich mich wirklich immer daran gehalten. Nur heute nicht. Und prompt …

„Denken Sie, er ist in Ordnung?“, frage ich unsicher.

Sie nickt. „Mach dir mal keine Sorgen. Mir ist jedenfalls nicht aufgefallen, dass er lahmt oder dass es ihm sonst wie schlecht geht. Außerdem hat er sich recht schnell wieder beruhigt. Er hat ja auch viel Lebenserfahrung, der Gute.“

Ich nehme ihr den Schlauch aus der Hand und beginne, Filou die Beine abzuspritzen, um seine Muskeln und Gelenke zu kühlen. Währenddessen nimmt Birte ihm den Sattel ab.

„Was haltet ihr denn von den beiden neuen Pferden?“, fragt uns Frau Sattler, als ich Filou die Hufe auszukratzen beginne.

„Sie sind wunderschön“, gebe ich zu.

„Wie Märchenpferde“, sagt Paulina noch einmal.

Da klingelt Frau Sattlers Handy. Sie zieht es aus der

Tasche und geht ein paar Schritte zur Seite, um in Ruhe zu telefonieren.

Beim Hufeauskratzen taste ich meinem Pony die Beine ab, damit ich nur ja keine Schwellung und keine kleine Verletzung übersehe. Aber es ist wirklich alles in Ordnung. Gott sei Dank!

„Du hast nichts gefunden, oder?“, fragt mich Birte, die gerade Filous Sattel und Trense in die Sattelkammer gebracht hat.

„Nein, zum Glück“, erkläre ich.

Dann binde ich mein Pony los und führe es durch das kleine Seitentor zu der großen Wiese, die sich Filou im Frühjahr, Sommer und Herbst tagsüber mit Glaukur und Thore, den beiden Islandpferden von Birtes Familie, und mit Fritzchen, dem Schwarzwälder Kaltblut-Wallach und Pflegepferd von Paulina, teilt. Das fünfte Pferd in der Herde ist Peppi, ein richtig süßer Appaloosa-Wallach und das Pferd von Janine und ihrer Schwester. Janine ist heute nicht da, aber sie, Birte und Paulina sind meine besten Freundinnen. Wir stecken eigentlich immer zusammen und sehen uns fast täglich im Stall.

Ich öffne das Weidetor, nehme Filou das Halfter ab und beobachte, wie er mit gespitzten Ohren zu seinen Kameraden hinübergeht. Erst als er ein paar Schlucke Wasser getrunken hat und entspannt zu grasen beginnt, drehe ich mich um und gehe zurück in den Hof, um seine Putzsachen wegzuräumen.

Egal, was für eine Dummheit ich vorhin auch gemacht habe, meinem Pony geht es gut, stelle ich erleichtert fest.

Und mir ist auch nichts passiert. Also habe ich eigentlich keinen Grund, die Sache meiner Mutter zu beichten. Die würde sich nämlich furchtbar aufregen, nicht nur wegen mir, sondern auch wegen ihres heiß geliebten Filous. Wahrscheinlich würde sie mir zur Strafe für meinen Leichtsinn sogar für ein paar Tage das Reiten verbieten. Dabei bin ich wegen Mathe gerade erst eine ganze Woche nicht auf Hof Buchental gewesen.

Nein, ich werde ihr nichts davon sagen. Das Risiko, dass es ihr einer der anderen Reiter erzählt, wenn sie das nächste Mal hierherkommt, muss ich eingehen. Mama will ja erst am Montag wieder reiten. Dann ist bestimmt schon wieder ein bisschen Gras über die Sache gewachsen. Vielleicht habe ich Glück und entkomme dem Donnerwetter.

Ich stecke die letzten Sachen in den Putzkasten und bringe ihn hinüber in die Sattelkammer, wo Birte und Paulina auf einer Truhe sitzen und immer noch über die neuen Pferde reden. Darum nutze ich die Gelegenheit und schwöre sie darauf ein, über den heutigen Vorfall auf jeden Fall den Mund zu halten und vor allem meiner Mutter kein Sterbenswörtchen davon zu erzählen. Dann steige ich auf mein Fahrrad und mache mich auf den Weg nach Hause.

Aber der Schreck sitzt tief; wieder und immer wieder geht mir durch den Kopf, was eben im Wohngebiet passiert ist.

Warum nur hat mein armer Filou diese schreckliche Angst vor der Höllbachbrücke? Wenn ich sie ihm doch nur irgendwie austreiben könnte …

Aber das wird wohl für ewig und alle Zeiten ein frommer Wunsch bleiben.

Kapitel 2

Schock in der Morgenstunde

Die Sonne strahlt und die Vögel singen ihr vielstimmiges Morgenlied, als ich mich wieder auf mein Fahrrad schwinge.

Es ist kurz vor acht, total früh für einen Sonntagmorgen. Zum Glück hat sich gestern im Laufe des Abends meine Aufregung gelegt; um zehn Uhr bin ich todmüde ins Bett gefallen und hab geschlafen wie ein Stein. Darum bin ich schon gegen sieben wieder wach geworden, habe mit meiner Mutter gefrühstückt und mir gleich wieder die Reitklamotten angezogen. Dass ich so früh wach geworden bin, muss ich unbedingt ausnutzen. Zwischen acht und neun Uhr ist an einem Sonntagmorgen nämlich garantiert noch niemand in der Reithalle, darum kann ich gleich mit Filou in aller Ruhe ein paar Dressurlektionen üben.

Mit dem Fahrrad ist es nicht weit bis zum Hof Buchental. Ich muss nur aus dem alten Dorfkern hinausfahren, dann gut zwei Kilometer auf einem geteerten Feldweg um den Ort herum und schon biege ich in die Kastanienallee ein. Leise vor mich hin summend lasse ich mein Fahrrad unter den hohen Bäumen hindurchrollen.

Das Hoftor ist bereits offen, denn die Sattlers sind

auch am Sonntagmorgen immer früh auf, um die Pferde zu füttern. Mitten auf dem Hof steht ein großes dunkelblaues Auto, an das ein Pferdetransporter angehängt ist.

Aha, Emily Münzkötter fährt wieder zu einem Turnier. Hoffentlich bringt sie ein paar Preisschleifen mit nach Hause! Sonst kriegt sie bestimmt Ärger mit ihren Eltern.

Emilys Vater ist ein wohlhabender Bauunternehmer. Er sponsert seiner Tochter zwei Pferde, mit denen sie an Spring- und Dressurwettbewerben teilnimmt. Dafür erwartet er, dass sie immer auf den vorderen Plätzen landet und am besten sogar gewinnt. Dann stehen die Münzkötters nämlich wieder mal in der Zeitung, hoffentlich sogar mit einem Foto von der strahlenden Emily samt Ehrenpreis in der Hand. Herr Münzkötter hält das wohl für eine Art Gratis-Reklame für sein gut laufendes Bauunternehmen, ganz nach dem Motto: Familie Münzkötter – erfolgreich im Sport, erfolgreich im Geschäft.

Ehrlich gesagt: Ich versteh das nicht. Für meine Mutter und mich ist das Reiten einfach nur ein Riesenspaß, genauso wie für Birte, Paulina und Janine. Trotzdem geben wir uns Mühe, richtig gute Reiterinnen zu sein: Wir nehmen Reitstunden, verbessern uns gegenseitig, wenn uns an den anderen etwas negativ auffällt, und wir holen uns Rat, wenn es mal nicht so gut klappt.

Gerade steige ich vom Fahrrad, als Emily mit ihrem braunen Springpferd Sunrise aus dem Stall kommt. Obwohl es so früh am Morgen und noch ziemlich kühl ist, hat sie vor Aufregung schon ganz rote Backen. Aber das ist bei ihr vor jedem Turnier so.

„Guten Morgen“, begrüße ich sie.

„Hallo“, antwortet sie ein bisschen atemlos. Dann führt sie ihr Pferd die Rampe hinauf in den Transporter.

Ich dagegen hole Filous Putzsachen aus der Sattelkammer und gehe in den Pferdestall. Kaum habe ich die Boxengasse betreten, als mein Liebling freundlich zu grummeln beginnt. Mit gespitzten Ohren schaut er mich an und seine großen dunklen Augen leuchten.

„Guten Morgen, mein Schatz“, begrüße ich ihn und gebe ihm ein Stück Apfel. „Hast du auch so gut geschlafen wie ich?“ Während er zufrieden kaut, gehe ich in die Box, knie mich neben ihn und betaste noch einmal gründlich seine vier Beine. Nach der wilden Jagd von gestern kann man nicht wissen, ob der ältere Herr vielleicht doch Schmerzen hat. Aber ich finde nichts Auffälliges. Es ist wirklich, ehrlich und Gott sei Dank immer noch alles in Ordnung. Darum ziehe ich Filou das Halfter über und führe ihn hinaus auf den Hof, um ihn zu putzen.

Zwanzig Minuten später gehe ich mit meinem gesattelten und aufgetrensten Filou durch das kleine Seitentor zur Reithalle hinüber. Die Sattlers haben sie erst vor drei Jahren gebaut und sie ist ein echter Fortschritt: An ihren beiden langen Seiten sind die Mauern nur ungefähr einen Meter siebzig hoch und darauf stehen Betonpfeiler, die das Dach stützen. Der Raum zwischen Mauer und Dach ist offen und lässt jede Menge Licht und frische Luft in die Halle. So wird es dort niemals schwül oder stickig. Sogar im Hochsommer, wenn die Luft vor Hitze flimmert, ist es drinnen deutlich kühler als draußen.

Trotzdem bin ich nicht oft in der Reithalle oder auf dem Reitplatz, weil es mir dort meistens zu voll ist. Komisch eigentlich, dass manche anderen Reiter lieber in einer überfüllten Reitbahn ihre immer gleichen Runden drehen, als ins Gelände zu gehen … Ich dagegen liebe es so sehr, mit Filou auszureiten, dass mich sogar Nieselregen daran nicht hindern kann. Heute allerdings hab ich die Halle garantiert für mich alleine.

Wir gehen durch das kleine Tor … und mich trifft fast der Schlag.

Die Halle brennt! Grauer Qualm quillt unter dem Dach hervor und jetzt wiehert dort drinnen ein Pferd!

Einen Wimpernschlag lang bin ich steif vor Schrecken. Dann knote ich in rasender Eile Filous Zügel um den nächsten Baumstamm und renne los, um dem armen Tier und seinem zweifellos mit ihm im Feuer eingeschlossenen Reiter zu helfen. Noch im Laufen fingere ich hektisch nach meinem Handy, um die Sattlers … nein, besser zuerst die Feuerwehr anzurufen.

Doch im Eingang der Reithalle bleibe ich verdutzt stehen.

Die Ursache für den Qualm ist nämlich gar kein unkontrollierter Brand.

In der Mitte der Halle flackert eine Art Lagerfeuer; gerade treibt der dunkelhaarige Junge von gestern seinen schönen weißen Hengst im Galopp darauf zu … und zwingt das arme Tier, mit einem großen Satz hinüberzuspringen!

Sein Vater steht mit zufriedenem Grinsen ein paar Meter entfernt. Hinter ihm ist noch jemand, aber den kann ich vor lauter Qualm nicht so genau erkennen.

Ich denke auch gar nicht viel darüber nach. Denn gerade steigt rot glühend und brodelnd heiße Wut in mir hoch. Ich fasse es nicht! Wie kann man ein Pferd denn nur so gemein quälen? Erstens haben Pferde riesengroße Angst vor Feuer. Und zweitens verbrennt der Schimmel sich die Beine, wenn er darüberspringt! Als wäre einmal nicht schon zu viel, lässt der Junge nach einer Galopprunde sein Pferd noch mal auf die lodernden Flammen zulaufen … und springt schon wieder.

„Halt! Sofort aufhören!“, möchte ich ihm am liebsten zurufen. Doch leider kriege ich vor lauter Wut und Schrecken keinen Ton heraus.

Nun hat der Junge mich auch gesehen, denn er wendet sein Pferd und reitet im Schritt zu mir herüber.

Erst als ich mit meiner Ferse an einen dicken Stein stoße, wird mir klar, dass ich instinktiv ein paar Schritte vor ihm zurückgewichen bin.

„Guten Morgen“, sagt er. „Du brauchst keine Angst vor meinem Pferd zu haben. Favory tut dir ganz bestimmt nichts, obwohl er ein Hengst ist.“

Du eingebildeter Blödmann!, denke ich. Vor deinem Pferd habe ich gar keine Angst, nur vor dir und deinen brutalen Aktionen.

Bestimmt hätte ich ihm das auch gesagt, wenn ich meine Stimme unter Kontrolle hätte. Warum bin ich nur so verunsichert? Ich schaffe es ja nicht mal, dem intensiven Blick aus seinen dunklen Augen standzuhalten! Hilflos senke ich den Kopf … und schaue auf die Vorderbeine seines Pferdes.

Sie sind schwarz vom Ruß des Feuers.

Jetzt reicht's aber! Ich mache den Mund auf, um diesem Pferdeschinder kräftig die Meinung zu geigen, da stößt Filou hinter mir ein lang gezogenes Wiehern aus.

„Am besten gehst du gleich zu deinem armen Pony zurück und machst es los. Man darf ein Pferd nämlich niemals an seiner Trense anbinden. Wenn es versucht, sich loszureißen, kann es sich sehr schlimm im Maul verletzen", klärt mich der Junge in gönnerhaftem Großer-Bruder-Ton auf.

„Das weiß ich doch selbst! Ich habe Filou überhaupt nur so festgebunden, weil ich wegen dem Blödsinn, den ihr hier macht, geglaubt habe, dass die Reithalle in Flammen steht!", bringe ich endlich hervor.

Aber der Junge hat sein Pferd schon wieder gewendet und reitet zu seinem Vater hinüber. Ich starre ihm fassungslos nach. „Ach, denk doch, was du willst!", knurre ich dann und stapfe zurück zu meinem ungeduldig mit einem Vorderbein scharrenden Filou. „Ist ja gut, mein Schatz", beruhige ich ihn, mache ihn los und gehe mit ihm in Richtung des großen Reitplatzes.

Aber unterwegs wird mir klar, dass ich im Moment besser nicht in den Sattel steige. Ich bin immer noch viel zu aufgeregt und koche regelrecht vor Wut. Filou hat das sowieso schon längst kapiert, denn seine Ohren spielen unruhig hin und her und er schlägt nervös mit dem Schweif.

„Entspann dich. Du kannst nichts dafür", sage ich zu ihm und lasse mich auf eine der Bänke fallen, die neben dem Reitplatz stehen. Ich erlaube Filou, ein bisschen am langen Zügel zu grasen, und versuche, wieder einen klaren Kopf zu bekommen. Das ist gar nicht so einfach. Immer wieder gehen mir die erschreckenden Bilder durch den Kopf, die ich eben mit ansehen musste: die „brennende“ Reithalle, der Schimmel, der über das Feuer springen musste, und seine von Ruß bedeckten Vorderbeine. Und ich höre noch einmal, wie der Junge mich wie ein dummes kleines Mädchen ermahnt, mein „armes Pony“ doch bitte nicht an den Zügeln anzubinden.

Ja, hätte ich denn zurück zum Stall rennen sollen, um für Filou Halfter und Strick zu holen, während in der vermeintlich brennenden Reithalle ein Reiter und sein Pferd in den Flammen starben? Und überhaupt: Welches Pferd ist hier eigentlich *arm*? Diesem eingebildeten Typen hätte ich echt Bescheid sagen müssen! Warum nur hab ich denn ausgerechnet eben keinen Ton herausgekriegt? Ich bin doch sonst nicht auf den Mund gefallen!

„Guten Morgen.“ Die leise, ein wenig schüchtern klingende Stimme jagt mir einen weiteren, aber zum Glück nur kleinen Schrecken ein. Langsam drehe ich mich um.

Ein Mädchen, das ich noch nie gesehen habe, steht mit verlegenem Gesichtsausdruck hinter mir. Sie ist ungefähr so alt wie ich, hat lange dunkle Haare und große hellbraune Augen. Weil sie dem arroganten Jungen in der Halle so ähnelt, schließe ich, dass sie wohl seine Schwester ist.

„Hallo“, sage ich kurz angebunden.

Zögernd kommt sie näher und bleibt neben meiner Bank stehen. „Darf ich?“, fragt sie, und als ich nicke, setzt sie sich mit einem bisschen Abstand neben mich. „Ich heiße Maja“, stellt sie sich vor.

Wie die Biene aus dem Zeichentrickfilm. Fehlt nur noch ein schwarz-gelb gestreifter Pullover, denke ich und kann mir nur mit Mühe ein Grinsen verkneifen.

Das T-Shirt, das sie zu ihrer schwarzen Reithose trägt, ist allerdings weder schwarz noch gelb, sondern dunkelrot. Ein weißer Pferdekopf ist daraufgedruckt und darunter stehen in rosa Schrift die merkwürdigen Worte: *Szeretem a lovakat*.

Ich hab nicht die geringste Ahnung, was das bedeutet.

„Und ich bin Zoe“, antworte ich, obwohl ich eigentlich keine Lust habe, mit ihr zu reden.

Sie nickt. „Eben in der Reithalle hast du einen ziemlichen Schrecken gekriegt, oder?“

War sie etwa auch dabei? Ach ja, ein bisschen versteckt hinter dem Mann hat noch eine dritte Person gestanden. Das muss sie gewesen sein.

„Darauf kannst du dich verlassen“, knurre ich. „Sag mal, warum tut ihr eurem Pferd *so etwas* an?“ Die Worte sind heraus, bevor ich auch nur ansatzweise darüber nachgedacht habe.

Sie macht große Augen. „Ja, äh … Was denn?“

Nun stell dich doch nicht so ahnungslos!

„Na, dass ihr es über ein Feuer jagt. Was soll denn das? Erstens ist das total gefährlich und zweitens verbrennt er sich doch an den Flammen. Seine Vorderbeine waren ja schon ganz schwarz!“

Ein leises Lächeln zieht sich über ihr Gesicht. „Ach das! Da brauchst du keine Angst zu haben. Das war nämlich gar kein richtiges Feuer. Ähem … na ja, irgendwie schon, schließlich hat es ja gebrannt. Aber wir haben dafür ein Mittel verwendet, das schon bei recht niedrigen Temperaturen in Flammen aufgeht. Wenn Favory darüberspringt, wird es ihm zwar ein bisschen warm an den Beinen, aber Schmerzen hat er bestimmt nicht."

„Aha", sage ich verdutzt. Von so was hab ich noch nie gehört. Aber Maja hat mit einer so felsenfesten Überzeugung gesprochen, dass man ihr fast glauben könnte. Ich beschließe, gleich heute beim Mittagessen meine Mutter danach zu fragen. Vielleicht weiß sie etwas darüber. Wenn ihr nichts dazu einfällt, muss ich halt im Internet recherchieren. „Na gut", erkläre ich. „Aber euer Pferd muss doch trotzdem schreckliche Angst vor dem Feuer haben."

Jetzt wird ihr Lächeln noch breiter. „Nein, nein, das hat unser Favory schon lange nicht mehr."

Ja klar, wenn ihr ihn immer und immer wieder über dieses merkwürdige Spezialfeuer treibt, gewöhnt er sich mit Sicherheit irgendwann daran, denke ich.

Gleichzeitig sehe ich aus den Augenwinkeln, dass Majas Vater auf uns zukommt.

„Guten Morgen, ich bin Attila Erdelyi", stellt er sich vor. Er hat einen äußerst merkwürdigen Akzent, den ich beim besten Willen nicht einordnen kann, das R rollt ganz gewaltig. „Maja und Arpad sind meine Kinder." Dabei weist er mit dem Kopf in Richtung des Jungen, der gerade den Schimmelhengst aus der Halle führt.

Attila und Arpad Erdelyi. Was für eigenartige Namen, denke ich, während ich ihm widerstrebend die Hand schüttele. Er hat einen ziemlich festen Griff.

„Es tut mir leid, dass wir dich so erschreckt haben“, behauptet er. „Hast du dich wieder erholt?“

Ich zucke die Achseln. „Einigermaßen.“

„Ich habe ihr schon gesagt, dass in der Halle ein besonderes Feuer gebrannt hat, das nicht so heiß ist“, erklärt Maja.

„Mhm“, macht er. Dabei betrachtet er interessiert meinen Filou, der kauend den Kopf gehoben hat und ihn ebenfalls neugierig ansieht.

„Trotzdem kann ich mir nicht erklären, warum Sie so was mit Ihren Pferden machen“, werfe ich ein.

Maja zieht die Augenbrauen hoch. „Dann hast du den Aushang nicht gelesen.“

Währenddessen geht ihr Vater zu meinem Pony hinüber und hält ihm die Hand hin, damit es daran schnuppern kann.

Fragend sehe ich Maja an.

„In der Sattelkammer, am Schwarzen Brett“, ergänzt sie.

Nein, das habe ich tatsächlich nicht. Normalerweise werfe ich zwar jedes Mal einen Blick darauf, weil die Sattlers dort immer die neuesten Neuigkeiten bekannt geben. Aber ausgerechnet heute hab ich's leider vergessen.

„Das stimmt“, gestehe ich.

„Ist ganz einfach“, meint Herr Erdelyi. „Ich bin von Beruf Reiter-Stuntman.“

Reiter-Stuntman? Ungläubig schaue ich von Herrn Erdelyi zu Maja und wieder zurück zu ihrem Vater, der sich jetzt meinen Filou genauer ansieht und ihn dabei am Widerrist krault.

„Wir haben mit den Sattlers verabredet, dass wir zu bestimmten Zeiten, in denen normalerweise niemand die

Halle benutzt, dort mit unseren Pferden für unsere Auftritte trainieren dürfen“, erklärt er. „Gerade üben wir mit Favory, über ein Feuer zu springen, weil er das für seinen nächsten Einsatz bei Dreharbeiten zu einem Film braucht.“

Maja nickt. „In ungefähr vier Wochen, also kurz vor den Sommerferien, starten nämlich die Aufnahmen für den historischen Abenteuerfilm *Das Erbe der Musketiere*. Er ist eine Hollywood-Produktion, wird aber in Deutschland gedreht, weil es hier die passenden alten Burgen, Schlösser und Klöster gibt.“ Nun beginnen ihre Augen zu leuchten. „Die Geschichte spielt vor ungefähr vierhundert Jahren, als die vornehmen Damen noch so schöne lange Kleider trugen und die Männer ihnen zur Begrüßung immer die Hand küssten.“

Ihr Vater lächelt amüsiert. „In einer Szene rettet der Held seine Geliebte aus einem belagerten Schloss. Dabei muss er durch ein Feuer reiten und genau dafür üben wir gerade.“

„Und *Sie* sollen die Hauptrolle spielen?“, frage ich.

Mit seinen ungefähr vierzig Jahren ist er doch viel zu alt, um immer noch den jugendlichen Liebhaber zu mimen!

Er schüttelt den Kopf. „Nein, nein, bin ich doch kein Schauspieler. Für die Rolle hat man Travis Lauter engagiert. Du kennst ihn vielleicht, er hat ja schon in einigen Blockbustern mitgespielt.“

Jetzt kriege ich Herzklopfen. Natürlich kenne ich Travis Lauter; *jeder* kennt ihn! Er hat schon einen Werwolf gespielt und den Sohn eines Agenten und er ist überhaupt ein ganz toller Typ.

„Dann wird das bestimmt der nächste Riesenerfolg“, vermute ich.

Herr Erdelyi wiegt den Kopf. „Das hoffen wir. Jedenfalls soll Travis unseren Favory als Heldenpferd reiten. Und mich hat man engagiert, um ihn in den eher gefährlichen Szenen zu doubeln."

„Zum Beispiel, wenn er über ein Feuer springen muss", ergänzt Maja. „Darum trägt Papa im Moment ja auch diese wildromantische Frisur."

Ihr Vater grinst. „In meinem Vertrag steht, dass ich mir lange Haare und einen Bart wachsen lassen soll. Dadurch hat der Maskenbilder viel weniger Arbeit."

„Übrigens, ich wollte jetzt eigentlich mit Benno ausreiten", meint Maja. „Geputzt habe ich ihn schon, ich muss ihn nur noch satteln. Hast du nicht Lust, mit deinem Pony mitzukommen?"

„Das wäre gut", meint ihr Vater. „Du kennst dich hier ja noch gar nicht aus, Maja. Ich wäre wirklich froh, wenn dich jemand begleiten würde."

„Ich weiß nicht, ob das so eine tolle Idee ist", zweifle ich. „Schließlich ist Benno ein Hengst. Bestimmt will er mit Filou ständig Streit suchen. Oder er ist in der fremden Umgebung total unruhig und macht andauernd Panik."

Maja schüttelt den Kopf. „Nein, unser Schwarzer macht so was nicht. Der ist total friedlich und er lässt sich durch gar nichts aus der Ruhe bringen. Er fängt ganz bestimmt auch kein wildes Wettrennen an."

„Also, ich habe keine Bedenken", erklärt Herr Erdelyi. „Benno ist ein richtiges Stuntpferd. Er kann sich benehmen, glaube mir."

„Na gut, versuchen wir's", stimme ich zu. Trotzdem

fühle ich mich gar nicht wohl bei dem Gedanken, dass Filou und ich gleich ganz alleine mit diesem mächtigen schwarzen Hengst und seiner Reiterin unterwegs sein werden. Denn Hengste sind normalerweise viel rebellischer als Stuten oder Wallache. Außerdem: Nach dem, was ich eben in der Halle gesehen habe, traue ich den Erdelyis nicht so ganz über den Weg. Also habe ich auch ernsthafte Zweifel an ihren Worten.

„Prima!", freut sich Maja. „In zehn Minuten bin ich bei dir, okay?" Mit eiligen Schritten geht sie zum großen Laufstall, wo ihr Bruder gerade Favory absattelt.

Herr Erdelyi klopft Filou den Hals, dann streicht er ihm mit der rechten Hand über den Rücken.

„Du hast ein sehr hübsches Pony", stellt er fest. „Aber wovon stammt die große Narbe auf seiner Kruppe? Da muss er sich ja mächtig wehgetan haben."

„Wir wissen es leider nicht", gestehe ich. „Sie war schon da, als meine Mutter ihn als Dreijährigen gekauft hat."

Er nickt. „Und wie alt ist er jetzt?"

„Einundzwanzig."

„Oh, das hätte ich nicht gedacht", wundert er sich. „Er wirkt noch so frisch und gesund, als wäre er höchstens sechzehn, siebzehn Jahre alt. Alle Achtung!"

Tja, gute Pflege, Herr Erdelyi!, denke ich. Wir haben ihn ja auch nie über ein Feuer getrieben oder anderen Blödsinn mit ihm gemacht. Unter solchen Umständen kann es schon mal vorkommen, dass ein Pferd deutlich jünger aussieht, als es in Wirklichkeit ist. Finden Sie nicht auch?

Es dauert gerade mal acht Minuten, bis Maja mit Benno am Zügel zu uns kommt.

Auf einem Grasbüschel kauend, hebt Filou den Kopf und sieht die Neuankömmlinge mit gespitzten Ohren an.

„Tja, mein Lieber, jetzt musst du doch noch arbeiten", sage ich und stehe auf, um seinen Sattelgurt noch einmal festzuziehen.

„Möchtest du lieber durch den Wald oder durch die Felder reiten?", frage ich Maja.

„Der Wald wäre toll", meint sie. „Da ist es immer so schön ruhig und mit einem bisschen Glück sehen wir ein paar wilde Tiere. Außerdem gab es in der Nähe des Reitstalles, in dem unsere Pferde vorher gestanden haben, keinen Wald."

„Alles klar", erkläre ich.

Im Schritt reiten wir an der langen Mauer von Hof Buchental vorbei. Maja scheint nicht zu bemerken, dass ich die leidige Höllbachbrücke meide und erst bei der viel weiter entfernten Holzbrücke über den Bach in Richtung Wald abbiege.

Mir dagegen fällt sehr wohl auf, dass Filou die ganze Zeit über den unbekannten schwarzen Hengst aufmerksam beobachtet. Auch ich werfe ihm immer wieder misstrauische Blicke zu. Aber Benno geht mit ein paar Metern Abstand friedlich hinter uns her. Maja muss nicht ein einziges Mal seine Zügel fest annehmen oder ihn sonst wie zurechtweisen. Dabei wirkt er auch noch total zufrieden.

„Wie alt ist dein Filou eigentlich genau?", fragt mich jetzt auch Maja.

„Einundzwanzig“, wiederhole ich. „Aber er ist echt noch topfit und lässt sich prima reiten. Wir galoppieren halt nicht mehr ganz so viel mit ihm wie noch vor ein paar Jahren …“

„Ja klar“, nickt sie. „Hat er denn auch eine Rasse?“

„Nicht wirklich. Er ist ein Welshpony-Mix. Seine Mutter wurde damals ganz plötzlich und unerwartet tragend. Sie hatte den Sommer über auf der Weide gestanden und dort ist wohl ein unbekannter Hengst vorbeigekommen, der irgendwo ausgebüxt war. Filous unfreiwilliger Züchter hat jedenfalls nie herausgefunden, wer der ‚glückliche Vater' war oder wem er gehörte. Aber Mama und mir ist das egal. Filou ist einfach ein prima Kerl. Das allein ist wichtig für uns.“

„Ihr habt völlig recht“, findet Maja. „Mein Vater sagt immer: ‚Abstammungs-Papiere kann man nicht reiten und eine Pferderasse auch nicht. Reiten kann man nur ein Pferd.‘“

Ich nicke heftig. Aber dabei denke ich mir: Das müsst ihr gerade sagen, wo ihr gleich zwei superschicke Rassepferde habt … Ich mustere sie noch einmal aus den Augenwinkeln und mein Blick bleibt wieder an ihrem Sweatshirt mit der merkwürdigen Aufschrift hängen.

„Was heißt das eigentlich?“

„Äh, was meinst du denn?“, fragt sie verwirrt. Doch dann sieht sie, wohin ich schaue. „Ach so. Das bedeutet: ‚Ich liebe Pferde.‘ Mein Vater hat es mir in Ungarn gekauft. Da kommt er nämlich her.“

„Aha“, sage ich nur und denke mir: Darum habt ihr so eigenartige Namen.

„Arpad und ich, wir sind aber in Deutschland aufgewachsen, weil meine Mutter Deutsche ist“, erklärt Maja noch. „Und wir sind erst vor ein paar Tagen nach hierher umgezogen. Mama hat seit ein paar Monaten ein Engagement im Stadttheater. Sie ist Schauspielerin.“

Das klingt allerdings sehr spannend. Ob ihre Mutter auch schon in Filmen mitgespielt hat?

„Das mit dem Umzug ist für mich ganz schön hart“, gibt sie zu. „Ich muss ja die Schule wechseln, genau wie Arpad. Und all unsere Freunde wohnen jetzt plötzlich richtig weit weg.“

Ich werfe ihr einen mitfühlenden Blick zu. Umzüge und Schulwechsel sind mir bisher erspart gewesen und sie stehen auch nicht an, zum Glück! Ich fühle mich total wohl in meiner Schule und auf Hof Buchental. Allein die Vorstellung, Birte, Paulina und Janine nicht mehr fast jeden Tag zu sehen, finde ich ziemlich furchtbar.

Inzwischen haben wir den Wald erreicht. Ein breiter, mit Gras bewachsener Pfad führt hinein. Unternehmungslustig fängt Filou an zu tänzeln, denn dieser Weg ist normalerweise unsere erste Trab-Strecke.

„Wie ist es, wollen wir ein bisschen traben?“, frage ich und mir wird wieder etwas mulmig. Benno war bisher zwar absolut brav und anständig, aber wer weiß schon, was passiert, wenn wir schneller werden?

„Gerne“, meint Maja. „Du bestimmst das Tempo, okay? Reite einfach los, wir folgen dir.“

Unwillkürlich erscheint ein Schreckens-Szenario vor meinem inneren Auge. Mein Pony trabt an … und Benno schießt mit einem riesigen Satz vorwärts. Donnernd galoppiert er an mir vorbei, Filou kriegt einen Schrecken und rennt hinter ihm her, so schnell ihn seine alten Beine nur tragen können …

Ruhig bleiben, Zoe!, ermahne ich mich. Sonst merkt Filou noch, dass du Angst hast!

„Alles klar“, sage ich darum in einem bewusst festen Ton. Dann drücke ich meinem Pony vorsichtig die Fersen in die Flanken und sofort geht es in seinen wiegenden Zuckeltrab über. Aus den Augenwinkeln schiele ich auf den mächtigen schwarzen Hengst schräg hinter uns. Auch er beginnt jetzt zu traben, ganz ruhig und beherrscht. Zufrieden kaut er dabei auf seinem Gebiss, aufmerksam bewegen sich seine Ohren, er beugt seinen kräftigen Hals und geht mit hohen Tritten vorwärts. Golden fällt das Sonnenlicht durch die Äste und spielt auf seinen kräftigen Muskeln und der dichten, langen Mähne.

Er ist wirklich wunderschön, denke ich. Klar, dass die Regisseure genau solche Pferde für ihre Filmaufnahmen haben wollen.

Maja sitzt fest und gerade, aber auch entspannt im Sattel. Fast könnte man meinen, sie hätte noch nie etwas anderes getan, als auf dem großen Friesenhengst über genau diesen Weg zu traben. Dabei kennt sie sich hier doch gar nicht aus!

Nach einer Weile wird der Weg wegen der langen Regenfälle der letzten Wochen schlammig und rutschig. Darum lassen wir unsere Pferde wieder im Schritt gehen.

Liebevoll klopfe ich Filou den Hals. Gleichzeitig lobe ich den Friesen: „Benno ist wirklich total cool.“

Stolz streichelt Maja dem schönen Rappen über die Mähne. „Ja, wirklich. Stuntpferde müssen aber auch unbedingt ruhig sein. Weißt du, mein Vater muss mit Benno für Filmaufnahmen immer wieder an Orte fahren, die er noch gar nicht kennt. Da ist manchmal echt die Hölle los, besonders bei den Massenszenen: Scharen von Statisten rennen herum und brüllen auf Kommando los, der Regisseur spricht laut in sein Megafon und mitten in diesem Chaos müssen die Pferde haargenau das tun, was ihre Reiter von ihnen verlangen."

„Und was passiert, wenn eines von ihnen aus der Reihe tanzt?", frage ich gespannt.

Sie zuckt die Achseln. „Dann ist die Aufnahme leider im Eimer. Alle gehen zurück zu ihrem Ausgangspunkt und fangen von vorne an. Allzu oft darf das aber nicht passieren, denn Filme zu drehen, ist echt richtig teuer."

„Das klingt voll schwierig", finde ich.

„Oh ja, das ist es wirklich", bestätigt sie.

Nachdenklich betrachte ich sie von der Seite. „Möchtest du später auch Stuntman werden? Oder, hm … wohl eher Stuntwoman?"

„Bloß nicht!", beteuert sie. „Warum fragen mich das nur andauernd alle möglichen Leute?"

„Weil es so naheliegt."

„Ja, okay, Stuntman ist halt der Beruf meines Vaters und Mama ist Schauspielerin", räumt sie ein. „Aber ich habe trotzdem keinen Nerv, vor Kameras aufzutreten und mich später im Kino von lauter Unbekannten anschauen zu lassen. Allein bei dem Gedanken fühle ich mich irgendwie nicht wohl."

„Das wundert mich jetzt aber echt“, gestehe ich. „Mir würde das nicht so gehen, glaube ich.“

Sie lächelt traurig. „Arpad kann mich auch nicht verstehen. Er will später auf jeden Fall Stuntman werden. Dafür übt er schon fleißig; er kann es sogar kaum erwarten. Ich möchte viel lieber Tierärztin werden.“

„Meine Mutter ist Tierheilpraktikerin. Sie arbeitet mit Homöopathie und mit chinesischer Medizin, also mit Akupunktur und asiatischen Heilkräutern“, erkläre ich.

„Wirklich?“ Fasziniert sieht Maja mich an.

„Mhm“, bestätige ich. „Du lernst sie bestimmt bald kennen. Dann kannst du mal in Ruhe mit ihr darüber reden.“

Da bleibt Filou stehen. Mit gespitzten Ohren schaut er auf einen Strauch, der einige Meter vor uns am Wegrand wächst. Tatsächlich, die Äste bewegen sich!

Ein Fuchs kommt aus dem Unterholz hervor, wirft uns einen kurzen Blick zu und trabt eilig über den Weg.

„Schön ist es hier“, freut sich Maja und legt sich auf den Hals ihres Rappen, der ebenfalls angehalten hat. „Mir ist der Abschied von unserem alten Reitstall total schwergefallen. Aber vielleicht war es trotzdem richtig, dass wir hierhergekommen sind.“

Kapitel 3

Was für ein Typ!

Ich fürchte, Hektor hat schon Angst gehabt, dass du gar nicht mehr nach Hause kommst", meint Mama, als unser Schäferhund-Mischling schwanzwedelnd und vor Freude bellend an mir hochspringt. „Gibt's was Neues im Hof Buchental?", fragt sie und schließt die Türe hinter mir. „Sonst wärest du wohl kaum so lange geblieben."

Inzwischen ist es fast ein Uhr und ich hab einen Bärenhunger. Mehr als zwei Stunden lang sind Maja und ich durch den Wald und die Felder gestreift. Ein paarmal sind wir über Feldwege galoppiert; wir sind an einem lärmenden Traktor vorbeigeritten und haben eine stark befahrene Straße überquert. Doch obwohl Maja und Benno die Gegend überhaupt noch nicht kannten, ist er absolut ruhig geblieben. Manchmal hatte ich sogar das Gefühl, dass er durch seine Coolness Filou beruhigt hat und nicht umgekehrt. Dabei ist mein Pony doch schon seit einer halben Ewigkeit hier zu Hause!

„Ich hab die beiden neuen Pferde und ihre Besitzer näher kennengelernt", erkläre ich, während ich mir die Reitstiefel ausziehe und mir gleichzeitig von Hektor die Hände ablecken lasse. Dann steigt mir ein verlockender Duft in die Nase. Hoffnungsvoll frage ich: „Gibt es Thunfisch-Pizza?"

Mamas selbst gemachte Pizza ist der Hit und mit Thunfisch ist sie unschlagbar.

„Richtig geraten. Und zum Nachtisch hab ich uns einen Schokoladenpudding gekocht."

„Mami, du bist ein Schatz!" Ich stelle den zweiten Reitstiefel in die Garderobe und nehme sie in den Arm.

Doch sie verzieht das Gesicht. „Puh! Du riechst aber heftig nach Pferdestall. Ab unter die Dusche mit dir! Wenn du dich ein bisschen beeilst, bist du fertig, wenn ich die Pizza aus dem Ofen hole. Und beim Mittagessen kannst du mir in aller Ruhe von den neuen Pferden erzählen. Ich bin auch schon mächtig neugierig."

Alles klar. Mein Magen knurrt jetzt wie ein wütender T-Rex und ich kann froh sein, wenn ich die Zeit bis zum Mittagessen einigermaßen sinnvoll rumkriege. Eilig laufe ich die Treppe hoch, werfe meine schmutzigen Klamotten in den Wäschekorb und springe unter die Dusche.

Eine Viertelstunde später sitze ich nach Blumenseife duftend am Tisch und vor mir auf dem Teller liegt ein großes Stück Pizza.

„Na los, erzähl mir vom Hof Buchental!", fordert mich Mama auf. Was Tiere im Allgemeinen und Pferde im Besonderen angeht, ist ihre Neugierde nicht zu toppen.

„Erst mal was essen", widerspreche ich und schiebe mir ein Stück Pizza in den Mund. Nachdem ich ein paar Bissen gegessen habe, erzähle ich ihr von dem merkwürdigen Feuer und wie Majas Bruder seinen weißen Hengst darübergetrieben hat. Meine Mutter hört mir so aufmerksam zu, dass sie darüber sogar das Essen vergisst.

„Du, dieses komische Feuer besteht angeblich aus einem Brennstoff, der schon bei eher niedrigen Temperaturen in Flammen aufgeht. Darum tun sich die Pferde nicht weh, wenn sie darüberspringen. Das behaupten zumindest Maja und ihr Vater." Der fragende Blick, den ich ihr bei meinen letzten Worten zugeworfen habe, ist Mama nicht entgangen.

„Ja, solche Mittel gibt es tatsächlich", antwortet sie. „Und es ist nur klug und fair gegenüber den Pferden, wenn man sie beim Film einsetzt. Alles andere wäre ja auch viel zu gefährlich, für die Tiere und für die Menschen."

„Trotzdem frage ich mich: Wie haben die Erdelyis ihr Pferd dazu gebracht, sich nicht vor so einem Feuer zu fürchten? Beim ersten Mal wusste es doch gar nicht, dass die Flammen nicht wirklich heiß sind. Da muss es doch große Angst gehabt haben", wende ich ein, bevor ich mir die nächste volle Gabel in den Mund schiebe.

Auch Mama schneidet sich wieder ein Stückchen ab. „Es gibt verschiedene Möglichkeiten", meint sie dabei.

„Und die wären?", frage ich ungeduldig, weil sie erst mal mit nachdenklichem Blick auf ihrer Pizza herumkaut.

„Die schlechteste wäre Gewalt", überlegt sie laut. „Vielleicht kann man mit Prügeln oder allen möglichen gemeinen Tricks ein Pferd sogar dazu zwingen, über ein Feuer zu springen."

Ich unterdrücke einen Seufzer, denn genau das hatte ich befürchtet.

„Allerdings kann man bei einem Pferd mit Druck und Zwang nur sehr kurzfristig etwas erreichen", gibt sie zu bedenken. „Mit der Zeit wird das Pferd dadurch nämlich sein Vertrauen in die Menschen verlieren. Dann wird es ungehorsam und entweder total apathisch oder vielleicht sogar bösartig. Nein, ich denke nicht, dass sie das gemacht haben." Sie schneidet sich noch etwas Pizza ab. „Ich glaube eher, dass die Erdelyis ihren Pferden in solchen furchterregenden Situationen Beruhigungsmittel geben", vermutet sie. „Das macht manchmal sogar der Tierarzt, wenn ein Pferd Angst vor einer Behandlung hat. Auch viele Pferde, die in Festumzügen mitgehen, bekommen vorher Beruhigungsmittel gespritzt. Sonst würden die Tiere den höllischen Krach, die Unruhe und die vielen Menschen gar nicht ertragen. Tja …" Sie steckt sich die Pizza in den Mund und spielt beim Kauen nachdenklich mit ihrer Gabel.

Beruhigungsmittel? Das ist die Lösung! Warum bin ich denn nicht selbst darauf gekommen?

Da fährt Mama fort: „Übrigens kann man es den Pferden ansehen, wenn sie so etwas bekommen haben. Dann reagieren sie nämlich kaum noch, ihre Ohren bewegen sich nicht mehr hin und her, sie schlagen nicht mehr mit dem Schweif und ihre Augen sind ein bisschen trübe."

„Aber kommt man denn so einfach an Beruhigungsmittel?", werfe ich ein. „Ist das nicht verboten?"

Mama zuckt die Achseln. „Natürlich. Noch nicht einmal ich darf einem Pferd Beruhigungsmittel geben, obwohl ich Tierheilpraktikerin bin und eigentlich wissen sollte, was ich tue. Aber so etwas ist grundsätzlich nur Tierärzten erlaubt. Und das ist auch gut so."

„Das heißt: *Wenn* die Erdelyis ihren Pferden wirklich

so etwas geben, dann haben sie es sich vorher illegal besorgt", schlussfolgere ich.

„Wahrscheinlich", gibt Mama zu. „Allerdings denke ich, dass Medikamente immer noch besser sind als rohe Gewalt. Meinst du nicht auch?"

„Darüber muss ich erst mal nachdenken", gestehe ich unsicher.

„Aber es gibt noch eine dritte Möglichkeit, Pferde an Feuer zu gewöhnen", meint sie.

Gespannt sehe ich sie an.

„Mit Pferdekenntnis und Geduld."

„Glaubst du wirklich, dass das ausreicht?", zweifele ich. „Okay, du hast Filou als junges Pferd an Traktoren, Erntemaschinen, flatternde Planen, aufspringende Regenschirme und so gewöhnt. Aber wir haben wirklich alles Mögliche versucht und es trotzdem nie geschafft, ihn über die Höllbachbrücke zu lotsen. Hältst du es da tatsächlich für möglich, dass die Erdelyis Favory *nur mit Geduld* dazu bringen können, freiwillig über ein Feuer zu springen? Immerhin flüchten Pferde instinktiv davor. Also, ich weiß nicht ..."

Mama wiegt den Kopf. „Vor ein paar Jahren habe ich mal ein paar Polizeipferde behandelt. Und dabei bin ich aus dem Staunen nicht mehr herausgekommen. Diese Tiere gehen zum Beispiel über Feuer; ihre Reiter konnten sie auch durch die dichtesten Menschenmengen reiten und setzen sie sogar bei Festumzügen und Demonstrationen ein. All das machen sie garantiert ganz *ohne* Gewalt und *ohne* Beruhigungsmittel. Es kann funktionieren."

„Wow!", mache ich beeindruckt.

Mama nickt. „Leider habe ich keine Ahnung, wie die Polizisten ihre Pferde dazu gebracht haben. Aber die Tiere waren total ruhig und voller Vertrauen zu ihren Reitern. Ich wette, von denen hat kein einziges auch nur einmal in seinem Leben mehr als einen Klaps mit der Gerte abbekommen."

„Und du denkst, dass die Erdelyis ...?", setze ich an.

„Ich weiß es nicht. Aber man darf ja nicht ausschließen, dass diese Leute es geschafft haben, Favory ohne Gewalt oder irgendwelche medizinischen Mittel über das Feuer zu bringen. Dann sind sie absolute Pferdekenner, wie es nur ganz selten welche gibt. Wahrscheinlicher ist aber, dass sie eher mit anderen Methoden arbeiten."

Sie lächelt traurig, vermutlich, weil ich gerade so ein enttäuschtes Gesicht mache. „Nun mach dir mal nicht so viele Gedanken. Im Moment wissen wir noch nicht, was für Leute die Erdelyis sind und wie sie mit ihren Pferden umgehen. Sei ihnen gegenüber einfach freundlich und offen, dann wirst du es mit der Zeit schon herausfinden."

„Und du sagst, die Erdelyis sind richtige Stuntmen?", fragt Birte, kaum dass wir uns auf das Sofa in Paulinas Zimmer gehockt haben.

Es ist Sonntagabend um sieben. Ich habe Birte, Paulina und Janine zufällig getroffen, als ich mit Hektor einen großen Spaziergang gemacht habe.

„Nur der Vater", berichtige ich sie, während ich meinem Hund, der neben mir auf dem Boden hockt, über den Kopf streichele.

„Was für ein spannender Beruf!“, meint Paulina, während sie uns Früchtetee eingießt. „Außerdem ist dieser Arpad ein echt cooler Typ, finde ich.“

„Das kann man wohl sagen“, bestätigt Birte und nimmt sich einen Schokoladenkeks. „Er hat so geheimnisvolle Augen.“

Huch! Wie schwärmerisch die plötzlich guckt, denke ich überrascht. Und dieser merkwürdige Ton, in dem sie von ihm redet ... Ob Birte sich ein bisschen in Arpad verknallt hat? Ich unterdrücke ein Kopfschütteln. Offenbar hat sie noch gar nicht gemerkt, was für ein arroganter Kerl er in Wirklichkeit ist.

„Nett ist er auf jeden Fall“, erklärt jetzt auch Paulina. „Ich habe ihn heute Mittag im Stall gesehen und einfach angesprochen und er hat mir alles Mögliche über Friesen und Lipizzaner erklärt.“

„Wie blöd, und ich hab bloß die Münzkötters getroffen“, beklagt sich Janine. „Alle in prima Stimmung. Emily hat nämlich ein A-Springen gewonnen und in einem L-Springen den dritten Platz gemacht. Nur die Dressur war wohl nicht so der Knaller.“

Paulina zieht eine Grimasse. „Wenn die Münzkötters von einem Turnier nach Hause kommen, sieht man ihnen immer auf den ersten Blick an, wie es gelaufen ist.“

Birte verdreht die Augen. „Ich glaube, für Emilys Vater ist es das Allerschlimmste, wenn seine Tochter nicht platziert wird. Das kann der gute Mann irgendwie nicht verwinden.“

„Ich frage mich nur, warum die arme Emily andauernd

gewinnen muss“, meint Janine kopfschüttelnd. „Wenn meine Schwester oder ich bei einem Turnier starten, erwarten meine Eltern ganz bestimmt keine Preisschleife. Wenn's gut klappt, freuen sie sich natürlich, und wenn eine von uns den ersten Platz macht, sind sie stolz. Aber wenn es mal nicht so gut läuft, haben sie damit auch keine Probleme. Das Ganze soll uns und den Pferden doch vor allem Spaß machen.“

Birte nickt. „Man kann ja auch von niemandem verlangen, dass er immer gleich gut drauf ist, erst recht nicht von einem Pferd.“

Paulina grinst. „Schließlich sind Pferde auch nur Menschen, oder?“

„Manchmal tut mir Emily ein bisschen leid“, gebe ich zu.

„Ach, ehrlich?“, wundert sich Birte. „Obwohl ihr zwei superschicke Pferde gehören und sie von ihrem Vater ständig den neuesten Ausrüstungs-Schnickschnack geschenkt kriegt und dann auch noch Herrn Sattler als Trainer hat?“

„Ich finde, dass ihre Eltern zu viel Druck machen“, erkläre ich und nehme mir noch einen Keks.

„Na ja, stimmt schon“, gibt Paulina zu und steht auf, um eine neue Packung Plätzchen aus dem Vorrat in ihrem Bücherschrank zu holen.

„Trotzdem hat sie's ganz schön gut“, widerspricht Birte. „Meine Eltern, meine beiden Schwestern und ich teilen uns zu fünft unsere beiden Isländer. Ständig gibt's Krach, wer reiten darf, besonders am Wochenende, wenn alle Zeit haben. Emily reitet jeden Tag, und wenn sie mal absolut nicht kann oder krank ist, kümmern sich die Sattlers um die Pferde. Emilys Vater bezahlt sie ja auch großzügig dafür. Das sind doch traumhafte Zustände!“

„Da bin ich mir nicht so sicher“, zweifele ich. „Dafür muss Emily nämlich andauernd Turniere gewinnen. Also, mir wäre das zu stressig.“

„Ich darf auch ‚nur‘ einmal pro Woche auf meinem Pflegepferd reiten“, wirft Paulina ein. „Zugegeben, manchmal wünsche ich mir heimlich, Fritzchen würde mir ganz alleine gehören. Trotzdem möchte ich nicht mit Emily tauschen.“

„Mein entspanntes Leben mit unserem gemütlichen Pony-Opa ist mir auch lieber, als ständig zu Turnieren fahren zu müssen“, erkläre ich. „Schließlich hab ich mit der Schule schon genug um die Ohren.“

„Na gut, von der Seite hab ich's noch gar nicht gesehen“, gibt Birte nachdenklich zu. „Vielleicht hab ich mir Emilys Situation wirklich ein bisschen zu rosig vorgestellt.“

Janine reckt und streckt sich, dann schaut sie auf die Uhr. „Ich muss jetzt los. In ein paar Minuten soll ich zu Hause sein.“

„Schon so spät?“, wundert sich Birte. „Dann mache ich mich auch auf den Weg. Meine Eltern wollen heute Abend noch ausgehen und sie möchten, dass ich zu Hause bin, bevor sie wegfahren.“

„Okay, dann komme ich mit“, erkläre ich und lege Hektor die Leine an.

„Wer von euch ist denn morgen im Pferdestall?“, fragt Janine.

„Ich kann leider nicht“, bedauere ich. „Morgen ist mal wieder meine Mutter mit dem Reiten dran.“

„Bei uns ist Montag auch ‚Elterntag‘“, seufzt Birte. „Und am Dienstag sind meine beiden Schwestern dran.“

„Fritzchens Besitzerin reitet morgen auch selbst“, fügt Paulina hinzu. „Na, wenn ich so darüber nachdenke, hat Emily es manchmal schon besser als wir, oder?“

Am nächsten Tag in der Schule erlebe ich eine Überraschung. In der ersten Stunde haben wir Mathe und ich bin ein bisschen aufgeregt, weil unser Lehrer vielleicht schon unsere Klassenarbeiten nachgeschaut hat.

Aber so fleißig war er doch nicht. Stattdessen kommt er mit unserer Klassenlehrerin, Frau Gluckauf, herein. Und hinter den beiden drückt sich ein bisschen blass und sehr verschüchtert noch jemand in den Raum.

„Brauch ich jetzt eine Brille, oder was?“, murmele ich. Denn vor uns steht niemand anderer als …

„Darf ich vorstellen: Das ist eure neue Mitschülerin Maja Erdelyi“, sagt Frau Gluckauf in einem deutlichen Seid-bloß-nett-zu-ihr!-Ton.

Sofort geht in unserer Klasse das Flüstern los. Mit Sicherheit lästern jetzt ein paar Zicken über Majas eigenartigen Nachnamen ab. Gleichzeitig kann ich den Gesichtern von ein paar Jungs deutlich ansehen, dass sie sie hübsch finden.

Mit einem verkrampften Lächeln sieht Maja in die Runde. Sie tut mir richtig leid, wie sie so einsam vor den vielen unbekannten Leuten steht. Dann bleibt ihr Blick an mir hängen und für einen Moment leuchten ihre Augen auf.

Ich wundere mich kein bisschen, als Frau Gluckauf mich fragt: „Zoe, hättest du etwas dagegen, wenn Maja ab jetzt neben dir sitzt?"

Ich schüttele den Kopf. „Nein, bestimmt nicht."

Warum denn auch? Seit den Zwischenzeugnissen ist der Platz neben mir leer, weil Mona, meine ehemalige Tischnachbarin, nach dem ersten Halbjahr wegen schlechter Noten freiwillig ein Jahr zurückgegangen ist.

Maja macht ein erleichtertes Gesicht. Mit eiligen Schritten kommt sie zu mir herüber und lässt sich auf den freien Stuhl sinken.

„Hallo. So eine Überraschung! Freut mich echt", begrüße ich sie.

Nach allem, was ich über den Umgang ihrer Familie mit ihren Pferden vermute, bin ich mir zwar gar nicht so sicher, ob ich das auch wirklich ernst meine. Aber sie strahlt mich jetzt so überglücklich an, dass ich wohl trotzdem alles richtig gemacht habe.

Als ich zum nächsten Mal wieder in den Reitstall komme, ist es Dienstagnachmittag.

Jawohl, ich hab Glück gehabt! Niemand hat meiner Mutter von meinem filmreifen Auftritt am Samstagnachmittag im Hof Buchental erzählt. Stattdessen haben alle mit ihr über die neuen Pferde und ihre Besitzer reden wollen. Kurz entschlossen habe ich meine Hausaufgaben auf heute Abend verschoben und bin deshalb so früh im Stall, dass der Hof noch menschenleer ist. Ich gehe in die Sattelkammer und werfe einen Blick auf das Schwarze Brett. Aber es gibt nichts Neues, außer einem Zettel mit der Überschrift „Verkaufe Reitstiefel Größe 37“. Also nehme ich Filous Halfter, seinen Führstrick und die Putzsachen und stelle sie auf dem Hof neben einen Anbindering in der Stallwand. Dann gehe ich durch das kleine Tor zu Filous Weide.

Doch auf halbem Wege bleibe ich stehen und werfe einen Blick in den großen Laufstall, in dem jetzt Favory und Benno stehen. Sie haben mich auch bemerkt, denn sie schauen mit gespitzten Ohren zu mir herüber.

Wie schön sie sind, so elegant und kraftvoll!

Ich hab mir für Filou zwei Mohrrüben eingesteckt. Wenn ich jedem der beiden Hengste eine halbe Rübe gebe, hab ich immer noch eine ganze für mein Pony übrig. Darum ändere ich kurz entschlossen die Richtung, stapfe zu ihnen hinüber und breche unterwegs die kleinere der beiden Möhren in zwei Hälften.

Als ich ankomme, stehen die beiden schon wartend am Zaun. Bestimmt haben sie das leise Knacken der Möhre gehört und jetzt hoffen sie folgerichtig auf ein Leckerli.

Ob die Erdelyis ihren Pferden auch manchmal eine Belohnung geben? Oder halten sie das, was ihre Pferde für sie tun, einfach nur für selbstverständlich?

„Hallo, ihr zwei“, begrüße ich sie und gebe ihnen die Mohrrübenstücke.

Kein Wunder, dass die Erdelyis sich für ihre Arbeit gerade diese Pferde gekauft haben, denke ich, während ich sie voller Bewunderung beim Fressen beobachte.

Da hebt der schwarze Benno den Kopf. Neben ihm spitzt Favory die Ohren und grummelt leise.

„Tag auch“, ertönt es hinter mir.

Ich drehe mich um und sehe, dass Arpad auf mich zukommt. Er trägt eine schwarze Reithose und ein dunkelblaues Sweatshirt und hält einen Putzkasten in seiner linken Hand.

„Hallo“, begrüße ich ihn zurückhaltend.

Jetzt ist er schon fast neben mir. Er ist noch größer, als ich gedacht hatte. Und er sieht wirklich total sportlich aus. Aber er wirkt immer noch unnahbar, ja beinahe ein wenig unheimlich, so ähnlich wie eine Wildkatze, die mich jeden Moment anfauchen und ihre scharfen Krallen ausfahren könnte.

„Hab schon gehört, dass Maja in der Schule neben dir sitzt. Freut mich.“ Der Blick, den er mir beim Sprechen zuwirft, bleibt unergründlich.

„Ja, äh … Das freut mich auch“, bringe ich mit etwas Mühe hervor. „Ist Maja … Ist sie auch hier?“

Irgendwie hat er mich ein bisschen aus dem Konzept gebracht.

Er öffnet das Tor des Laufstalls und geht hinein. „Nein, heute kommt sie nicht. Sie hat sich in ihr Zimmer verkrochen und macht Hausaufgaben. Hier ist ja alles neu für sie. Das muss sie erst mal verdauen, fürchte ich.“

„Kein Wunder“, nicke ich und denke: Dir macht das natürlich überhaupt nichts aus.

„Vielleicht kommt sie morgen“, meint er und stellt den Putzkasten auf den Boden. Dann krault er seine beiden Pferde, die sich um ihn herumdrängeln. Dabei spricht er mit ihnen in einer fremden, rau klingenden Sprache, von der ich kein Wort verstehe. Und mich scheint er dabei völlig zu vergessen.

Da sehe ich aus den Augenwinkeln, dass sich Emily uns nähert. Oha, die hat sich ja geschminkt! Das macht sie doch sonst nicht, wenn sie in den Reitstall kommt. Normalerweise trägt sie hier auch nicht ihre langen blonden Haare offen. Jetzt bin ich aber echt neugierig …

„Geschminkt" ist total untertrieben, erkenne ich, als sie noch ein paar Schritte herangekommen ist. „Kriegsbemalung" würde es eher treffen. Außerdem trägt sie funkelnagelneue Reitstiefel, eine blitzsaubere schwarze Reithose, die ihre langen, schlanken Beine besonders gut zur Geltung bringt, und ein silbrig schimmerndes Sweatshirt, das eher in die Disco als in einen Reitstall passen würde.

Offenbar sind meine Freundinnen nicht die Einzigen, denen Arpad Erdelyi gefällt, stelle ich fest und unterdrücke ein Grinsen.

Jetzt ist Emily bei uns angekommen.

„Hi, Zoe", begrüßt sie mich in beiläufigem Ton. Doch gleichzeitig wirft sie mir einen Blick zu, der eindeutig sagen soll: Du störst! Mach die Fliege, und zwar ein bisschen plötzlich!

Dann sieht sie Arpad an, mit aufgerissenen, schwarz ummalten Rehaugen. Und sie säuselt in dem weichsten Tonfall, den ich jemals bei ihr gehört habe: „Hallo. Was für ein *Zufall,* dass ich dich hier treffe."

Arpad, der gerade einen Striegel aus dem Putzkasten kramt, wirft ihr einen kurzen Blick zu.

„Tag, Emily“, sagt er freundlich und wendet sich wieder den Pferden zu.

„Und, hat’s gestern geklappt?“, fragt sie, lehnt sich an den Zaun, legt ihren linken Ellenbogen auf das oberste Brett und stützt ihr Kinn darauf.

Ich hab keine Ahnung, was gestern „geklappt“ haben soll. Vielleicht hat Arpad mit seinen Pferden ja Stepptanz oder Bäume hochklettern geübt. Aber eines weiß ich ganz sicher: Hier bin ich einer zu viel. Darum beschließe ich, Emilys Herzenswunsch zu erfüllen und zu verschwinden.

Ich verabschiede mich kurz von den beiden und mache mich auf den Weg zu Filou. Der wiehert mir schon von Weitem zu.

„Ja, mein Schatz, ich hab dich warten lassen“, sage ich, hole die zweite Mohrrübe aus der Tasche und halte sie ihm hin. „Sei nicht böse. Deine neuen Mitbewohner interessieren mich halt brennend. Nur die vierbeinigen, meine ich. Was ihre Besitzer angeht, habe ich leider immer noch meine Zweifel.“

Kapitel 4

Geheimaktion im Wald

Eine halbe Stunde später steht Filou geputzt im Hof. Ich hebe gerade den Sattel auf seinen Rücken, als Paulina mit Fritzchen am Halfter durch das Seitentor kommt.

„Hallo! Cool, du bist auch da", begrüßt sie mich. „Wollen wir zusammen ausreiten? Ich muss Fritzchen nur noch putzen, aber er war so höflich, sich heute ausnahmsweise mal nicht auf der Weide zu wälzen."

„Ja klar. Prima!", freue ich mich. Zu zweit macht das Ausreiten noch mehr Spaß.

Zwanzig Minuten später biegen wir auf den Weg ein, der am Höllbach entlangführt.

„Ich schätze, jetzt kommt wirklich, endlich der Sommer!" Paulina strahlt mich an. „Schau mal, wie viele Blumen am Wegrand blühen." Ich grinse zurück.

Auch Filou hat gute Laune. Jetzt, wo seine Muskeln und Gelenke sich schon ein bisschen aufgewärmt haben, geht er in zügigem Schritt und mit gespitzten Ohren vorwärts. Bald darauf beginnt er sogar, ungeduldig zu tänzeln.

„He, ich glaube, dein Pony hat heute nicht das Alter, sondern das schöne Wetter in den Knochen", grinst Paulina.

Ich nehme die Zügel ein wenig an und klopfe Filou liebevoll den Hals. „Nun mach mal langsam, mein Schatz.

Sonst holst du dir noch eine Verletzung und dann können wir vielleicht wochenlang nicht mehr zusammen ausreiten."

Wir lassen die Pferde Schritt gehen, bis wir die Holzbrücke überquert haben. Dann traben wir über einen langen Feldweg und galoppieren über ein Stoppelfeld, das der Besitzer noch nicht umgepflügt hat. Fritzchen ist erst acht Jahre alt, darum legt er trotz seines schweren Körperbaus richtig los. Aber Filou ist fest entschlossen, sich nicht abhängen zu lassen, und gibt ebenfalls Vollgas. Als wir das Ende des Feldes erreicht haben, kann ich ihn kaum bremsen.

Pauline lacht. „Wie er jetzt so dasteht, schnaufend, mit aufgerissenen Nüstern und leuchtenden Augen, könntest du ihn glatt als Vierjährigen verkaufen."

„Wir würden ihn aber nicht mal verkaufen, wenn uns jemand eine halbe Million für ihn bieten würde", erkläre ich und treibe mein Pony vorsichtig ein bisschen an, woraufhin es sofort wieder zu tänzeln beginnt.

„Wenn wir hinüber zum Wald traben, kann er noch ein bisschen Dampf ablassen", schlägt meine Freundin vor.

„Alles klar." Ich lasse Filou die Zügel ein wenig lockerer und er zuckelt sofort los. Als wir den Waldrand erreicht haben, lässt er sich zum Glück wieder recht einfach in den Schritt zurückholen. Hier, im Schatten der Bäume, ist der Weg immer noch etwas matschig und außerdem von Traktorreifen zerfahren. Darum reiten wir langsam weiter.

Ich atme tief durch.

Ein leichter Wind bewegt die tief hängenden Äste der

Bäume. Am Himmel über mir singt eine Lerche. Und plötzlich huscht ein Eichhörnchen vor uns über den Weg, um danach blitzschnell einen Baumstamm hinaufzuklettern.

Glücklich lege ich meinen Kopf auf Filous Mähne, schlinge die Arme um seinen Hals und murmele: „Es ist schon toll, wie du es immer wieder schaffst, mich auf andere Gedanken zu bringen. Ich sitze kaum eine halbe Stunde auf deinem Rücken und schon bin ich so entspannt und gut gelaunt, dass ich die Schule und den ganzen Stress fast vergesse."

Als ich eben in den Pferdestall kam, war ich noch ziemlich bedrückt, weil ich in Mathe mal wieder nur Bahnhof kapiert habe. Auch jetzt weiß ich noch nicht, wie ich nachher die Hausaufgaben lösen soll. Dennoch gibt es für mich im Moment nur die Sonne und den Wald und mein supertolles, liebes Pony.

Ob es Emily wohl genauso geht wie mir?, überlege ich. Vergisst sie auch alles andere, sobald sie auf dem Pferd sitzt?

Eher nicht. Wenn sie reitet, wirkt sie nie locker und gut gelaunt, sondern angespannt, ja regelrecht verbissen, ganz so, als müsse sie wirklich jeden Tag absolut alles aus sich und den Tieren herausholen. Fröhlich ist sie eigentlich nur, wenn sie ein Turnier gewonnen hat. Also, ich möchte wirklich nicht in ihrer Haut stecken …

Ich setze mich wieder gerade hin und muss plötzlich grinsen, denn mir ist eingefallen, dass Arpad Emily jetzt vielleicht doch mal auf andere Gedanken bringen könnte.

Das wäre wohl auch höchste Zeit!

Da bleibt Filou stehen. Mit gespitzten Ohren schaut er nach vorne, dorthin, wo ein schmaler Pfad von unserem Weg in den Wald hinein abzweigt.

Auch Fritzchen, der vor meinem Pony hergeht, wird langsamer.

„Was hast du denn?“, fragt Paulina und legt ihm die Hand auf den Hals.

Behutsam treibe ich Filou an. Vorsichtig geht er weiter, vermutlich aber nur, weil er sicherheitshalber in Fritzchens Nähe bleiben möchte. Gleichzeitig ist er immer noch sehr aufmerksam und sein Körper ist ein bisschen angespannt.

Dort hinten passiert irgendetwas. Da bin ich mir sicher.

Nun höre ich es auch: Hufschläge!

Ich lausche …

Den Geräuschen nach zu urteilen, fetzt jemand im Galopp über die große Lichtung tiefer im Wald: *pa-da-bamm … pa-da-bamm …*

Jetzt hält das Pferd kurz an … und galoppiert sofort wieder los. Dann ertönt ein Schnauben.

„Was machen die da?“, überlege ich laut.

Paulina zuckt die Achseln. „Nach einem entspannten Ausritt klingt das nicht. Ich hab eher den Eindruck, dass dort jemand etwas übt.“

„Könnte sein“, stimme ich ihr zu. „Und ich möchte unbedingt wissen, wer das ist und was er tut. Reiten wir hin?“

Sie nickt. „Ja klar, finden wir es heraus.“

Paulina treibt Fritzchen in einen schnelleren Schritt und wir reiten in den Wald hinein.

Die Hufschläge werden lauter. Dann höre ich eine Männerstimme: „Das muss alles noch schneller gehen."

„Das war eindeutig Attila Erdelyi. Und ich wette, dass er mit Arpad spricht", erkläre ich Paulina leise. „Der hat nämlich eben erst die Pferde geputzt."

Sie nickt. „Ja, das habe ich auch gesehen. Aber warum arbeiten die ausgerechnet hier mitten im Wald und nicht in der Halle oder auf dem Reitplatz?"

„Vielleicht ist es ihnen da zu voll. Oder sie üben eine streng geheime Szene für den neuen Film", überlege ich. Doch in Gedanken füge ich hinzu: Es könnte aber auch sein, dass das, was sie machen, nicht gut für ihr Pferd ist. Darum wollen sie nicht, dass jemand sie beobachtet.

Aber das möchte ich nicht laut sagen. Schließlich gehört auch Paulina zu den Mädchen, die Arpad cool finden.

Wir haben die Lichtung fast erreicht, als die Hufschläge wieder stoppen. Stattdessen ertönt Arpads genervt klingende Stimme: „Komm, wir machen weiter. Irgendwann muss er es doch kapieren."

„Nein", antwortet sein Vater. „Wir haben das dreimal geübt, jetzt machen wir Pause."

„Aber es hat doch nicht *einmal* richtig funktioniert", protestiert Arpad.

„Trotzdem", beharrt Herr Erdelyi.

„Also gut." Arpad gibt nur widerwillig nach.

Endlich können wir durch die dichten Blätter und Äste auf die Lichtung sehen. In einiger Entfernung steht Favory, total verschwitzt, mit gesenktem Kopf und pumpenden Flanken. Seine Beine und sein Bauch sind voller Schlamm.

Herr Erdelyi ist abgestiegen und führt sein Pferd im Schritt über die Lichtung.

Sein Sohn dagegen hockt sich auf eine dicke Baumwurzel. Er sieht total frustriert aus.

Die beiden haben uns offenbar nicht bemerkt. Darüber bin ich, ehrlich gesagt, auch richtig froh.

„Warum verlangt der Regisseur eigentlich so eine beknackte Übung von uns?“, will Arpad wissen.

„Weil er keine Ahnung von Pferden hat.“

Arpad brummt etwas Unverständliches vor sich hin und wirft das Ästchen, mit dem er herumgespielt hat, in das hohe Gras.

Unsere Pferde werden jetzt allmählich ungeduldig. Ich fange gerade an zu befürchten, dass sie uns durch ein Wiehern oder ein lautes Schnauben verraten könnten, als mir Paulina mit einem kleinen Handzeichen klarmacht, dass sie weiterreiten will.

Doch da sagt Herr Erdelyi: „Ich denke, wir können weitermachen.“

Jetzt wird es doch noch spannend! Nun werden wir ja sehen, was die beiden mit Favory veranstalten. Meine Freundin denkt wohl das Gleiche, denn sie lehnt sich neugierig im Sattel nach vorne.

Herr Erdelyi steigt wieder auf und reitet zum rechten Ende der Lichtung. Arpad dagegen bückt sich und hebt etwas vom Boden auf.

Es ist ein dicker Ast. Arpad stellt sich vor einen Baum und hält das Teil mit der ausgestreckten rechten Hand neben sich.

Als sein Vater mit Favory den Rand der Lichtung erreicht hat, lässt er sein Pferd umdrehen und bringt es zum Stehen. Er nickt seinem Sohn kurz zu …

Dann galoppiert der Hengst aus dem Stand an. Mit mächtigen Sprüngen fegt er direkt auf Arpad zu. Mir dreht sich vor Schreck fast der Magen um. Was haben die vor? Wozu braucht Arpad den Ast? Er wird Favory doch nicht damit schlagen?

Da bremst der Schimmel kurz vor Arpad so scharf ab, dass sich seine Beine in die Erde bohren und er mit seinen tief gesenkten Hinterbeinen ein, zwei Meter weit durch den Schlamm rutscht. Schlitternd kommt er neben Arpad zum Stehen. Herr Erdelyi packt den Ast, wendet sein Pferd blitzschnell auf der Hinterhand und galoppiert sofort wieder los.

Du lieber Himmel, das arme Pferd!, denke ich und beiße mir auf die Lippen. Das ist eine richtig schwierige und anstrengende Übung! Und hoffentlich hat Arpad den Ast vorher nicht genutzt, um Favory durch einen Schlag auf die Vorderbeine klarzumachen, dass er vor ihm anhalten soll!

Als Reiter und Pferd das andere Ende der Lichtung erreicht haben, bringt Herr Erdelyi Favory in den Trab, wendet ihn und reitet im Schritt zu seinem Sohn zurück. Strahlend streichelt er über den verschwitzten Hals seines Schimmels und spricht ein paar unverständliche Worte.

„Das war jetzt richtig gut“, meint Arpad anerkennend.

„Ich hab's ja gesagt: Wir kriegen das hin“, freut sich sein Vater. Noch einmal streichelt er dem Lipizzaner über den schweißnassen Hals, dann lässt er sich auf den Boden gleiten.

„Ich frage mich nur, warum der Regisseur darauf besteht, dass Favory in diesem Film unbedingt eine Vollbremsung macht, bevor du die Botschaft von dem Diener übernimmst“, wundert sich Arpad. „Das würde in Wirklichkeit doch auch niemand tun, weil es viel zu schwierig ist. Jeder normale Reiter würde sein Pferd vorher Schritt gehen lassen oder, wenn er es sehr eilig hätte, den Brief im Galopp übernehmen.“

„Ich weiß, ich weiß“, seufzt sein Vater. „Der Regisseur möchte aber, dass diese Szene so spektakulär wie möglich aussieht. Er nutzt halt jedes Mittel, um die Zuschauer mitzureißen. Genau das ist ja auch seine Aufgabe. Und nun komm, lass uns nach Hause gehen. Sonst fängt unser verschwitzter Favory noch an zu frieren.“

Wir warten noch ab, bis die beiden mit dem Schimmel zwischen den Bäumen verschwunden sind. Dann wenden wir unsere Pferde und reiten zurück zum Hof Buchental.

Nach einer Weile beginne ich, Paulina verstohlen aus den Augenwinkeln zu mustern, weil sie die ganze Zeit über kein Wort mehr gesprochen hat.

Sie sieht sehr nachdenklich und sogar ein bisschen traurig aus, wie sie so mit hängendem Kopf neben mir reitet. Ich habe auch schon eine Ahnung, worüber sie sich gerade solch düstere Gedanken macht.

„Alles klar?“, frage ich sie, als wir den Wald verlassen.

„Sag mal, was denken die sich eigentlich dabei?“, ist ihre einzige Antwort.

„Was meinst du denn?“, hake ich nach.

„Na, diese brutal harten Vollbremsungen“, braust sie auf. „Damit machen sie Favory doch die Gelenke kaputt.“

Dann hast du jetzt also auch endlich kapiert, dass der ach so coole Arpad gar nicht so toll ist, wie du geglaubt hast, denke ich und sage laut: „Ja, das Ganze sah ziemlich krass aus."

Paulina schüttelt sich. Dann murmelt sie so leise, dass ich es kaum verstehe: „So was hätte ich Arpad gar nicht zugetraut."

Sie tut mir richtig leid. Ich zögere kurz, sage es dann aber doch: „Ich eigentlich schon." Und dann erzähle ich ihr, wie Arpad Favory in der Reithalle über das Feuer gejagt hat und was Maja und meine Mutter dazu gesagt haben.

„Jedenfalls bin ich mir gar nicht so sicher, was ich von diesen Stuntreitern halten soll", beende ich meinen Bericht. „Nur Maja scheint vernünftiger zu sein. Aber sie will auch keine Stuntreiterin werden, sondern Tierärztin."

„Und echte Pferdekenner würden sich nie und nimmer dazu hinreißen lassen, mit ihrem Pferd solche brutalen Stopps zu reiten wie die eben. Nicht mal, wenn ihr Regisseur dafür ein paar Tausender auf ihre Gage drauflegen würde", knurrt Paulina.

„Mit Sicherheit nicht", bestätige ich.

Jetzt können wir Hof Buchental schon von Weitem sehen. Nicht mehr lange und wir werden die Höllbachbrücke erreichen.

Paulina schaut auf die Uhr. „Du, in einer halben Stunde muss ich zu Hause sein, ich hab Englischnachhilfe. Wahrscheinlich komme ich jetzt schon ein bisschen zu spät. Würde es dir etwas ausmachen, wenn du Filou alleine durch das Wohngebiet führst?"

Ich schüttele den Kopf. „Bestimmt nicht. Heute ist ja ein Werktag. Da ist auf den Straßen bestimmt nicht so viel los wie am letzten Samstag. Sieh zu, dass du schnell nach Hause kommst!“

„Tschüss!“, verabschiedet sie sich und biegt in Richtung Höllbachbrücke ab.

Filou fühlt sich allein gelassen, kläglich wiehert er Fritzchen nach und fängt an zu trippeln.

„Wenn du wüsstest, dass die beiden über die Höllbachbrücke reiten wollen, würdest du jetzt bestimmt nicht so ein Theater machen“, brumme ich.

Zum Glück lässt er sich aber doch ohne allzu großen Prostest bis zum Wohngebiet reiten.

Bei den ersten Häusern steige ich ab und führe ihn weiter. Wie erwartet ist es diesmal auf den Straßen ziemlich ruhig und unser Spaziergang verläuft entspannt. Wohlbehalten treffen wir im Hof Buchental ein, wo Paulina gerade auf ihr Fahrrad steigt. Als ich aus dem Sattel gleite, winkt sie mir noch einmal kurz zu und lässt ihr Fahrrad vom Hof rollen.

Ich mache Filou fertig, gebe ihm einen Belohnungs-Apfel und bringe ihn auf die Weide. Als ich danach zu meinem Fahrrad gehe, sehe ich, wie Arpad mit einem Sattel über dem Arm in Richtung des großen Laufstalles geht.

„Dann willst du jetzt wohl den Friesen reiten“, murmele ich leise. „Na, hoffentlich machst du mit ihm nicht auch noch irgendwelchen Blödsinn.“

Bedrückt bleibe ich vor meinem Fahrrad stehen und beginne, in der Tasche meiner Reithose nach dem Schlüssel zu kramen.

„Hallo, Zoe!“

Das ist ja Maja! Mit der hatte ich heute wirklich nicht mehr gerechnet. Nach dem, was wir eben mit ihrem Bruder und ihrem Vater erlebt haben, habe ich allerdings auch gar keine Lust, mit ihr zu reden. Aber sie kommt gnadenlos auf mich zu und dabei lächelt sie mich so freundlich an, dass mir nichts anderes übrig bleibt, als sie mit vorgetäuschter Freundlichkeit zu begrüßen. „Hi“, sage ich. „Dass du hier noch auftauchst ... Dein Bruder hat vorhin gesagt, dass du dich zu Hause auf dein Zimmer verkrochen hast und über den Hausaufgaben brütest.“

Sie lacht. „‚Brüten‘ ist wohl das falsche Wort. Sooo schwer war das doch gar nicht. Ich bin schon seit einer guten Stunde fertig, und weil mir langweilig wurde, bin ich aufs Fahrrad gestiegen und hierhergekommen.“

Nicht so schwer. Aha. Dann hast du es bestimmt noch nicht mit Mathe versucht, überlege ich.

„Wie fandest du denn Mathe?“, frage ich vorsichtig.

„Easy eigentlich. Bei Aufgabe 3e hat mir zwar ein bisschen der Kopf geraucht, aber dann hab ich die Lösung doch noch gefunden. Und du?“

„Ich hab’s auf heute Abend verschoben“, gestehe ich. „Aber ich fürchte, dass ich schon bei 3b scheitern werde.“

Nachdenklich sieht sie mich an. „Sollen wir beide es noch mal zusammen versuchen? Wir wohnen gar nicht weit von hier. Wenn du deine Mutter anrufst und ihr Bescheid sagst, sind wir mit den Fahrrädern in fünf Minuten bei uns. Dann kannst du deine Mathehausaufgaben bei mir auf einem Zettel machen und danach brauchst du sie nur noch in dein Heft abzuschreiben."

„Willst du das echt machen?", frage ich erfreut. Also ehrlich: Mir fällt ein dicker Stein vom Herzen! Hilfe in Mathe kann ich echt gebrauchen.

„Ja, klar", bestätigt sie. „Komm, ruf deine Mutter an und dann legen wir los."

Wenig später radeln wir die alte Kastanienallee hinunter und in das Wohngebiet hinein. Maja biegt in den Amselweg ab und hält vor dem Reihenhäuschen mit der Nummer 15. Davor steht der Geländewagen, in den Filou vor drei Tagen beinahe hineingerannt wäre.

Maja zieht den Schlüssel aus der Tasche ihrer Shorts, öffnet die Türe und ruft laut: „Hallo, Mama!"

Jetzt lerne ich wohl Frau Erdelyi kennen, denke ich, während ich hinter ihr her in den Flur gehe und mich beinahe an einem vollen Umzugskarton stoße. Eine richtige Schauspielerin! Ich bin echt neugierig.

„Guten Abend, Schatz", antwortet eine weich klingende Frauenstimme. „Wen hast du denn mitgebracht?"

Die Türe, die dem Eingang gegenüberliegt, öffnet sich und vor mir steht eine mittelgroße, schlanke Frau mit langen dunkelblonden Haaren und den gleichen großen hellbraunen Augen wie Maja.

„Das ist Zoe, wir kennen uns aus dem Stall und in der Schule sitze ich neben ihr."

„Freut mich." Frau Erdelyi streckt mir ihre Hand hin.

Ich schüttele sie und sage höflich: „Guten Abend."

„Ihr habt bestimmt Hunger", meint sie. „Ich habe für heute Abend einen Bauernsalat mit Schafkäse und ein paar Frikadellen gemacht. Das steht alles im Kühlschrank. Und in der Speisekammer ist frisches Baguette."

Maja wirft mir einen fragenden Blick zu.

Also, mir knurrt schon ein bisschen der Magen. Aber so richtig Hunger kriege ich mit Sicherheit erst, wenn diese blöden Matheaufgaben gelöst sind. Darum schüttele ich fast unmerklich den Kopf.

„Du, wir wollen uns erst mal zusammen die Mathehausaufgaben ansehen", erklärt Maja.

Sie ist total diplomatisch, freue ich mich. Denn sie hat kein Wort davon gesagt, dass sie mir in Mathe helfen will. Das ist echt nett von ihr.

„Ja klar, bringt das erst mal hinter euch. Ihr könnt ja noch etwas essen, wenn ihr mit den Hausaufgaben fertig seid", schlägt Frau Erdelyi vor. „Aber lasst euch nicht allzu lange Zeit. Ich kenne nämlich meine Männer: Wenn die gleich nach Hause kommen, fallen sie wie zwei Raubtiere über das Essen her und für euch bleibt nicht mehr viel übrig. Und ich kann euren Anteil leider nicht gegen sie verteidigen, ich muss jetzt zur Arbeit."

Maja grinst. „Alles klar, wir beeilen uns."

„Danke für das Angebot", sage ich noch. Dann führt mich Maja eine Treppe hinauf zu ihrem Zimmer.

„Hat deine Mutter auch schon mal in einem Film mitgespielt?", frage ich.

„Ja klar", erklärt sie, als sei dies das Normalste von der

Welt. „Als Arpad und ich klein waren, hat sie nur Filme gemacht. Dann hat Papa immer auf uns aufgepasst."

„Nur Filme" ist gut, denke ich, als wir oben angekommen sind und einen schmalen Flur entlanggehen. Für mich würde ein Traum in Erfüllung gehen, wenn ich nur in einem einzigen Film mitspielen dürfte. Und sei es als Statistin.

Doch laut sage ich: „Aha. Haben sich deine Eltern vielleicht auch bei einem Film kennengelernt?"

„Genau", bestätigt Maja. „Meine Mutter hat in einer Fernsehserie eine Dressurreiterin gespielt und mein Vater hat dort als Stuntman gearbeitet. Dabei hat's die beiden erwischt."

Jetzt beginnt sie, über das ganze Gesicht zu grinsen. „Papa hat sie damals sogar ein paarmal gedoubelt."

Ich muss kichern.

„Ja, wirklich", versichert sie. „Dann hat man ihn nur von hinten gefilmt. Außerdem hat ihm der Kostümbildner einen langen dunkelblonden Zopf angeklebt. Und er musste eine gefütterte Jacke tragen, damit er die richtigen Körperformen hatte. Dabei war es Sommer und fast dreißig Grad warm."

„Oje", seufze ich.

„Mama und Papa lachen heute noch manchmal darüber", erklärt sie. „Meine Mutter hat sich in Papa verliebt, als er für eine Szene sein Pferd aus einem brennenden Stall retten musste. Da muss er wie ein richtiger Held ausgesehen haben."

Lächelnd bleibt sie vor einer Türe stehen, die an der linken Seite des Flures liegt. „Da hatte mein Vater noch einen Araberhengst. Der hieß Agamemnon und war ein ganz toller Kerl."

„Sag mal, haben eure Pferde denn wirklich gar keine Angst vor den Kameras, den vielen anderen Geräten und all den Menschen, die bei den Dreharbeiten herumlaufen?“, hake ich nach.

„Kein bisschen, ehrlich“, erklärt Maja und macht die Türe auf. „An so was sind sie doch gewöhnt. Überhaupt haben sie schon so viel erlebt, dass sie sich vor gar nichts mehr fürchten.“

Den Beruhigungsmitteln sei Dank!, schlussfolgere ich.

Majas Zimmer ist nicht allzu groß. An der linken Wand steht ein Hochbett; an der hinteren Mauer, direkt unter dem einzigen Fenster, befindet sich ein Schreibtisch und an der rechten Wand lehnt ein hohes Regal. Es ist ziemlich massiv, dennoch scheint es beinahe zusammenzubrechen, weil es von oben bis unten mit Büchern vollgestopft ist.

Als ich näher komme, sehe ich, dass Romane, Sachbücher und Fotobände darin wild durcheinander- und teilweise sogar übereinandergestapelt sind. Den Titeln nach dreht es sich in fast allen irgendwie um Pferde.

Maja holt ihre Mathesachen aus ihrer Schultasche, die neben dem Schreibtisch auf dem Boden steht.

„In meinem Zimmer gibt es leider nur einen Stuhl. Wir können uns entweder hier auf den Boden setzen oder wir gehen ins Wohnzimmer“, erklärt sie ein bisschen verlegen.

„Auf dem Boden hocken ist prima. Das mach ich zu Hause auch gerne“, erkläre ich.

Außerdem hab ich nicht die geringste Lust, mich bei meinen verzweifelten Rechenversuchen beobachten zu lassen. Arpad und sein Vater sollen ja bald nach Hause kommen.

Und auf Arpads arrogante Bemerkungen kann ich verzichten.

„Prima“, findet Maja, schiebt mit dem Fuß eine halb leere Umzugskiste zur Seite und lässt sich auf dem Boden nieder.

Ich hocke mich neben sie und dann erklärt sie mir die Mathe-Aufgaben – langsam, sehr sorgfältig und so klar, dass es mir nach kurzer Zeit wie Schuppen von den Augen fällt. Ich finde die Lösung für die Aufgaben 3b und c von alleine und sogar die Nummern d und e kann ich mit ganz wenig Hilfe fast selbstständig lösen.

„Das wäre geschafft“, seufze ich nach einer guten Stunde erleichtert, falte den Zettel mit den gelösten Aufgaben zusammen und stecke ihn in die Tasche meiner Reithose. „Und es war gar nicht so schwer, wie ich befürchtet habe. Allerdings kannst du auch supergut erklären, sogar viel besser als unser Mathelehrer.“

Sie wird rot. „So was Ähnliches haben meine Freunde in meiner alten Klasse auch immer zu mir gesagt.“

„Dann hast du denen auch geholfen?“, frage ich.

Maja zuckt die Achseln. „Manchmal halt. Die haben mir ja auch unter die Arme gegriffen, wenn's nötig war. Wir hatten eine tolle Klassengemeinschaft, weißt du?“ Maja tut mir ein bisschen leid.

„Du, in unserer Klasse ist die Stimmung aber auch nicht schlecht. Bei zwei, drei Leuten musst du zwar vorsichtig sein, aber die werde ich dir gleich morgen unauffällig zeigen. Und alle anderen sind echt nett. Warte einfach mal ab. Bestimmt fühlst du dich bei uns schnell genauso wohl wie in deiner alten Klasse.“

„Das wäre toll." Jetzt lächelt sie sogar. „Auf Hof Buchental ist die Stimmung jedenfalls ziemlich gut, finde ich."

Ich nicke. „Ja, das ist so. Weißt du, wir sind eine ziemlich bunt gemischte Truppe: viele Hobbyreiter wie Paulina und ich, ein paar Gangpferdereiter und Westernreiter, außerdem einige Turnierteilnehmer. Und die Sattlers sind auch total in Ordnung. Die lieben Pferde über alles, egal was sie können oder zu welcher Rasse sie gehören. Herr Sattler ist früher sogar bei internationalen Reitturnieren gestartet und seine Frau hat als Jockey gearbeitet."

Maja nickt: „Mein Vater meint auch, dass die beiden richtig viel von Pferden verstehen."

„Absolut", bestätige ich. „Unser Filou wäre garantiert nicht mehr so topfit, wenn sie nicht so gut für ihn sorgen würden."

Jetzt strahlt Maja mich an. „Der Laufstall, in dem unsere Hengste untergebracht sind, ist einfach genial. Benno und Favory haben genug Platz, um sich frei zu bewegen, und die Zäune sind absolut bombensicher, sodass sie weder ausbrechen noch sich daran verletzen können, wenn sie eine rossige Stute wittern."

„Das ist halt das Problem mit Hengsten", werfe ich ein.

„Ja, eben", bestätigt sie. „Weißt du, die meisten Reitstallbesitzer wollen sich gar nicht auf die Haltung von Hengsten einlassen. Und in den anderen Reitställen sind Hengste fast immer zu einer endlosen Boxenhaft verurteilt, die sie nur rebellisch und unglücklich macht. So was würde mein Vater seinen Pferden niemals antun."

Ach nein? Andererseits ist er aber jederzeit bereit, mit

Favory so scharfe Vollbremsungen zu machen, dass das arme Pferd hinterher mit Sicherheit kaputte Gelenke hat, denke ich. Aber wieder sage ich nichts, denn damit würde ich Maja nur wehtun. Und das möchte ich gerade jetzt, wo sie mich sozusagen am Zopf aus dem Mathesumpf herausgezogen hat, nun wirklich nicht.

„Warum haltet ihr überhaupt Hengste?", frage ich stattdessen.

„Weil sie so muskulös sind und überhaupt so schön aussehen. Vor der Kamera machen sie einfach mehr her. Natürlich sind sie manchmal schwieriger als andere Pferde. Aber wir können damit umgehen und darum ..."

Da beginnt ihr Magen, laut zu knurren.

„Sollen wir uns was zu essen aus dem Kühlschrank holen?", schlägt sie vor.

„Ja, gerne." Jetzt, wo der Druck wegen Mathe weg ist, hab ich richtig Hunger. Langsam stehe ich auf, strecke meine steif gewordenen Beine und tapse hinter ihr her.

„Wenn du noch mal Schwierigkeiten mit Mathe hast, helfe ich dir gerne wieder", sagt Maja, als wir die Treppe hinuntergehen.

„Echt? Wie cool, danke!"

Na gut, ich hatte zwar gehofft, dass sie es anbietet, aber ich freue mich trotzdem. In der letzten Zeit war ich wegen Mathe oft der Verzweiflung nahe.

Aber wenn Maja mir helfen will, sieht die Welt gleich viel besser aus. Heute habe ich nämlich zum ersten Mal seit Langem das Gefühl, dass ich restlos alles kapiert habe.

Es mag ja sein, dass Arpad und sein Vater nicht gut mit

ihren Pferden umgehen. Aber Maja ist trotzdem total nett und schlau ist sie außerdem, denke ich. Und ich bin echt froh, dass sie jetzt in der Schule neben mir sitzt.

Als ich nach Hause komme, hockt meine Mutter in ihrem Arbeitszimmer und telefoniert. Ich stecke den Kopf zur Türe herein, um ihr kurz „hallo“ zu sagen, und sie nickt mir grüßend zu. Dann sagt sie ins Telefon: „Gut, dass der Besitzer des Hundes gestern schon bei Ihnen war, Herr Dr. Herzog. Sie und ich, wir haben zu dem Fall nämlich offenbar die gleiche Meinung.“

Eigentlich wollte ich Mama ja erzählen, was ich heute mit den Erdelyis erlebt habe, vor allem natürlich von den merkwürdigen Aktionen mit Favory auf der Waldlichtung. Aber wenn sie so spät noch mit einem Tierarzt wie Dr. Herzog telefoniert, macht sie sich garantiert ernste Sorgen um einen ihrer Patienten.

Besser, ich lasse sie in Ruhe nachdenken, sage ich mir und gehe in mein Zimmer.

Kapitel 5

Brücken-Zauber

Am Mittwochnachmittag, als ich mit Birte und Paulina unter der alten Linde sitze, sind die Erdelyis wieder Thema Nummer eins.

„Und du findest Maja also echt nett, ja?", zweifelt Birte, während sie uns Süßigkeiten aus einer Tüte anbietet. „Ich meine, sie muss doch wissen, was ihr Vater mit seinen Pferden macht."

„Das finde ich auch", pflichtet ihr Paulina bei. „Ich traue ihr jedenfalls nicht über den Weg."

„Das kann ich ja verstehen", gebe ich zu. „Aber Maja ist immerhin mit alledem groß geworden. Sie kennt es einfach nicht anders. Vielleicht hat sie noch nie darüber nachgedacht."

„Dann solltest du sie unbedingt mal darauf ansprechen", empfiehlt Birte.

„Das werde ich auch machen. Aber erst, wenn wir uns ein bisschen besser kennen", erkläre ich. „Sonst ist sie vielleicht nur beleidigt und nimmt mich nicht ernst. Damit ist garantiert niemandem geholfen, am wenigsten ihren Pferden."

„Könnte es sein, dass Maja dir nur sympathisch ist, weil sie dir Mathe so gut erklären kann?", fragt mich Paulina spitz, während sie eine Gummifledermaus aus der Tüte fischt.

Eigentlich wollte ich mir gerade eine Lakritzschnecke

nehmen, aber jetzt ziehe ich meine Hand wieder zurück. „Glaubst du etwa, ich wäre bestechlich?“

Sie hebt die Augenbrauen. „Nein, so war das nicht gemeint. Ich glaube eher, du bist so erleichtert, dass dir endlich jemand bei Mathe hilft, dass du die Sache nicht mehr klar genug siehst.“

Hält mich Paulina wirklich für so doof?

„Das stimmt überhaupt nicht“, widerspreche ich ärgerlich. „Aber Maja geht mit Pferden völlig anders um als Arpad und sein Vater, finde ich. Nur weil sie verwandt sind, muss man sie doch nicht in einen Topf werfen.“

„Wenn du meinst …“ Birte zuckt die Achseln und nimmt sich einen Gummiteufel.

„Wenn ihr wollt, könnt ihr Maja gleich näher kennenlernen“, schlage ich vor. „In einer halben Stunde treffe ich mich nämlich mit ihr zum Ausreiten. Kommt doch einfach mit!“

„Ich kann leider nicht“, erklärt Paulina. „ Heute ist mal wieder Fritzchens Besitzerin mit dem Reiten dran.“

„Und ich habe gleich Reitstunde bei Herrn Sattler“, sagt Birte.

Alles klar, denke ich, immer noch ziemlich sauer. In Wirklichkeit seid ihr froh, dass ihr euch herausreden könnt. Ihr wollt Maja doch gar nicht kennenlernen. Lieber spekuliert ihr weiter und pflegt eure Vorurteile. Da mache ich aber nicht mit. Das könnt ihr euch so was von abschminken …

„Tja, das lässt sich wohl nicht ändern“, sage ich und stehe auf. „Ich werde jetzt jedenfalls Filou putzen.“

„Nun sei mal nicht gleich beleidigt“, bittet mich Paulina. „Setz dich wieder hin. Los, hier sind noch Gummibärchen. Lass uns über was anderes reden. Hast du die neue Serie gesehen, die gestern Abend angefangen hat?“

„Hab ich was verpasst?“, fragt Birte und spitzt die Ohren.

Jetzt bin ich auch neugierig geworden und auf fünf Minuten kommt's sowieso nicht an. Darum lasse ich mich wieder auf die Bank sinken und greife noch mal in die Süßigkeiten-Tüte.

Am Ende hab ich noch geschlagene zwanzig Minuten mit meinen Freundinnen unter der Linde gehockt. Aber Maja hat es zum Glück nicht eilig. Wir putzen und satteln unsere Pferde, dann bummeln wir in gemütlichem Schritt bis zur Holzbrücke, überqueren den Bach und traben in Richtung Wald.

Als Favory kurz stolpert, denke ich sofort wieder an die scharfen Stopps, die er gestern hinlegen musste.

Hat Paulina etwa doch recht?, frage ich mich. Bin ich wirklich so froh wegen Mathe, dass ich Maja nicht mehr objektiv sehen kann? Ob sie wirklich keine Ahnung davon hat, was ihr Vater und ihr Bruder ihren Pferden antun?

Aufmerksam beobachte ich Favory, der vor uns geht. Aber ich kann nichts Negatives feststellen: Er lahmt kein bisschen; ruhig und locker geht er vorwärts, kaut entspannt an seinem Gebiss und beobachtet mit gespitzten Ohren die Umgebung. Maja krault ihm dabei öfter liebevoll die Mähne.

Wir haben den Wald erreicht und reiten auf einem breiten, mit hohem Gras bewachsenen Weg zwischen die Bäume.

„Wollen wir vielleicht ein bisschen galoppieren?“, bietet mir Maja an.

„Warum nicht?“, antworte ich. Wenn Favory doch Schmerzen hat, werde ich es jetzt wohl merken.

Und schon geht’s los: Vor mir springt der Lipizzaner-Hengst in den Galopp und auch Filou gibt sofort Gas. Er hat heute mal wieder richtig Spaß am Laufen. Am liebsten würde er Favory sogar überholen, darum hätte ich eigentlich schon genug damit zu tun, ihn zurückzuhalten. Trotzdem lasse ich den Schimmel vor mir nicht aus den Augen, und sooft es nur geht, horche ich auf seine trommelnden Hufschläge. Aber sie klingen vollkommen regelmäßig. Wenn ein Pferd Schmerzen in den Beinen hat, hört sich sein Galopp mit Sicherheit ganz anders an.

Jetzt wird Favory sogar schneller! Weit greifen seine Vorderbeine aus und lassen die Erdbrocken in alle Richtungen fliegen. Filou flitzt hinter ihm her, ich lehne mich über seinen Hals und feuere ihn leise an. Das macht ja so was von Spaß! Es gibt doch nichts Schöneres, als auf einem Pferd zu sitzen!

Als wir vor der nächsten Wegkreuzung in den Schritt übergehen, schnauben unsere Pferde vergnügt und Maja und ich strahlen uns an.

Eine Zeit lang reiten wir noch durch den Wald, traben ein paarmal und legen sogar noch einen kleinen Galopp ein.

Als wir uns im Schritt auf den Rückweg machen, spreche ich Maja noch einmal vorsichtig auf den Beruf ihres Vaters an: „Du, sag mal, wie wird man eigentlich Reiter-Stuntman?“

Sie legt die Stirn in Falten. „Hmmm … Ich glaube, es gibt dafür gar keine festgeschriebene Ausbildung. Man sollte halt besonders gut reiten und mit Pferden umgehen können. Außerdem muss man körperlich sehr geschickt sein, weil man auf galoppierende Pferde springen und alle möglichen Kunststücke auf ihrem Rücken vollbringen muss. Angst darf man natürlich auch nicht haben."

„Und wie ist dein Vater Stuntman geworden?"

„Mein Großvater und mein Urgroßvater waren von Beruf Csikós", antwortet sie. „Das sind ungarische Hirten, die zu Pferd und mit Hunden große Tierherden hüten."

„So ähnlich wie die amerikanischen Cowboys?", vermute ich.

Sie wiegt den Kopf. „Ein bisschen vielleicht. Die Csikós sind aber dafür bekannt, dass sie nicht nur sehr gut reiten können, sondern mit ihren Pferden auch viele artistische Schaunummern beherrschen. Kennst du vielleicht die Ungarische Post?"

„Ja klar, die habe ich sogar schon mal gesehen", erinnere ich mich. „Dabei steht ein Reiter auf den Rücken von zwei Pferden und lässt zwei oder drei weitere Pferde an langen Kutscherzügeln vor sich herlaufen. Sag bloß, so was können die Csikós auch?"

Maja lächelt stolz. „Angeblich sollen sie es sogar erfunden haben."

„Wow!" Ich bin echt beeindruckt.

„Mein Vater ist mit Pferden aufgewachsen", fährt sie fort. „Eigentlich wollte er auch als Pferdehirte arbeiten. Aber irgendwann wurden er und ein paar andere junge Csikós von einer Filmcrew angesprochen, weil die für Filmaufnahmen unbedingt einige Reiter brauchten. Danach ist Papa halt dabeigeblieben. Er sagt auch immer wieder, dass er gar keinen anderen Beruf haben möchte. Na ja, außer einem."

„Und der wäre?", frage ich gespannt.

Grinsend dreht sie sich zu mir um. „Pferdehirte natürlich."

„Na dann!", lache ich.

Wir haben den Hof Buchental jetzt schon fast erreicht. Eigentlich liegt nur noch der Höllbach dazwischen – und, wie ich erst jetzt mit Schrecken bemerke, die berüchtigte Steinbrücke!

Dabei hatte ich mir doch fest vorgenommen, den Weg über die Holzbrücke zu nehmen. Vor Maja ist es mir nämlich tierisch peinlich, dass Filou nicht über diese blöde Steinbrücke gehen will.

Aber vor lauter Reden habe ich einfach nicht mehr daran gedacht. Und jetzt ist es definitiv zu spät, um mir noch eine einigermaßen plausible Ausrede einfallen zu lassen. Maja reitet nämlich gerade auf die Brücke hinauf.

Ich dagegen halte Filou einen Schritt vor der Brücke an.

„Was ist denn?" Maja bringt Favory zum Stehen, dreht sich um und sieht mich erstaunt an.

So, wie sich meine Wangen anfühlen, werde ich gerade puterrot. Auch das noch!

„Äh", beginne ich. „Also … Filou geht nicht über diese Brücke."

„Ehrlich?" Sie macht große Augen. Aber wenigstens lacht sie mich nicht aus, ja, sie grinst nicht mal abfällig.

„Ja, wirklich“, beteuere ich. „Das ist schon vom ersten Tag an so, an dem Filou hier auf dem Hof Buchental eingezogen ist. Meine Mutter hat immer wieder versucht, ihn über diese Brücke zu lotsen, Herr Sattler hat's auch probiert und ganz viele andere Leute ebenfalls. Aber nicht einer hat es geschafft.“

„Tja, und jetzt?“, fragt sie. „Sollen wir zu der Holzbrücke zurückreiten?“

Ich zucke die Achseln. „Vielleicht. Das würde allerdings ziemlich lange dauern. Ich nehme meistens den Weg durch das Wohngebiet. Aber dort sollten wir unsere Pferde besser führen. Wenn wir reiten, wird es schnell gefährlich, weil dort meistens der Bär los ist.“

Plötzlich beginnen ihre braunen Augen, verräterisch zu blitzen. „Ich glaube, ich verstehe: Am Samstag *bist* du durch das Wohngebiet geritten. Dabei ist es Filou zu viel geworden und er ist wie ein Wilder auf den Hof gestürmt. Arpad hat von deiner rasanten Ankunft erzählt.“

„Stimmt“, gebe ich ein bisschen kleinlaut zu.

„He, dafür brauchst du dich doch nicht zu schämen“, beruhigt sie mich. „Jedes Pferd kann sich so sehr erschrecken, dass es die Nerven verliert. Das ist sozusagen menschlich.“

Danke, dass du das so siehst!, denke ich und lächle erleichtert.

„Dann gehen wir eben durch das Wohngebiet“, schlägt sie vor.

„Ja, das wäre gut“, stimme ich ihr zu, drücke meinem Pony die Fersen in den Bauch und lenke es in Richtung Dorf.

Schweigend reiten wir hintereinanderher.

„Du hast keine Ahnung, warum Filou nicht über diese Brücke gehen will, oder?“, vermutet Maja irgendwann.

„Nicht die geringste“, gestehe ich. „Mama und ich sind aber fest davon überzeugt, dass er vor irgendetwas dort schreckliche Angst hat. Das sieht man ihm nämlich deutlich an, wenn er sich der Brücke nähert.“

Sie nickt. „Habt ihr schon mal versucht, ein anderes Pferd vorauszuschicken?“

„Ja klar“, erkläre ich. „Aber das bringt leider gar nichts. Leckerli helfen auch nicht. Irgendwann hat es sogar mal jemand mit einer Tracht Prügel versucht.“

Ärgerlich schüttelt sie den Kopf. „Das hat höchstens alles noch schlimmer gemacht.“

„Natürlich.“ Ich seufze leise.

„Durch das Wohngebiet zu gehen, ist schon ein ziemlicher Umweg“, überlegt sie laut. „Würdest du es mich auch mal mit Filou und dieser merkwürdigen Brücke probieren lassen? Es muss doch einen Weg geben, ihn daran zu gewöhnen. Es gibt immer einen Weg.“

Sofort denke ich an mein Gespräch mit Mama über die Ausbildungsmethoden der Stuntreiter. „Aber Filou darf keine Medikamente oder so bekommen“, erkläre ich fest.

„Natürlich nicht! Wie kommst du denn darauf? Wir nehmen nur Filou und seine Trense und ein paar Leckerli. Sonst nichts. Sollen wir es versuchen? Übermorgen?“ Maja schaut mich auffordernd an.

„Na gut. Das passt“, erkläre ich. Wir sind jetzt beim Wohngebiet angekommen, gleiten aus den Sätteln und nehmen die Pferde am Zügel.

Liebe Maja, ich glaube nicht, dass du bei Filou Erfolg haben wirst, denke ich. Aber in einem bin ich mir jetzt ganz sicher: Egal, was dein Vater und dein Bruder mit ihren Pferden anstellen, und gleichgültig, was meine Freundinnen über dich denken – du bist wirklich schwer in Ordnung.

Am Freitagnachmittag um halb drei lasse ich mein Fahrrad auf den Hof Buchental rollen. Ich habe supergute Laune, denn heute Morgen haben wir endlich die Mathearbeit zurückbekommen. Und die war immerhin eine glatte Vier. Dafür, dass ich eine ganze Woche lang jeden Tag zwei Stunden gepaukt habe, ist das zwar nicht gerade ein Mega-Resultat, aber wenigstens kriege ich jetzt keine Fünf im Zeugnis. Außerdem hat Maja mir versprochen, heute Abend nach dem Reiten die Arbeit mit mir zusammen zu verbessern. Sie will auch regelmäßig die Hausaufgaben mit mir machen und vor den Arbeiten mit mir üben. Na, wenn das keine guten Aussichten für das nächste Schuljahr sind …

An den Freitagnachmittagen ist in unserem Reitstall immer jede Menge los. Als ich mein Fahrrad an die Mauer lehne, sehe ich Paulina, die gerade aus dem Stall kommt, und Janine führt ihren Appaloosa-Wallach Peppi über den Hof. Ich winke den beiden zu.

Als ich zu ihnen hinübergehen will, bekomme ich plötzlich einen Stoß in den Rücken.

„He! Was soll denn das blöde Gewinke?!“, fährt mich jemand von hinten an.

Das war Emily, stelle ich fest, drehe den Kopf und schaue in ihr verärgertes Gesicht.

„Abendstern hat sich tierisch erschreckt“, ranzt sie mich an.

„Entschuldigung“, murmele ich. „Ist aber nichts passiert, oder?“

„Zum Glück nicht!“, schimpft sie. „Das käme jetzt auch gar nicht gut, wo er doch verkauft werden soll.“

„Ihr wollt ihn hergeben?“, frage ich verdutzt.

Abendstern ist ein bildschönes, sehr gut ausgebildetes und besonders liebes Pferd. Emily hat mit ihm auch schon ein paar A-Dressuren gewonnen.

„Klar“, bestätigt sie. „Im nächsten Frühjahr will ich nämlich auf meinen ersten M-Dressuren starten. Und Abendsterns Gangvermögen ist nicht gut genug, um in so hoch angesiedelten Prüfungen mehr als mittlere Platzierungen zu erreichen. Darum brauche ich ein neues Dressurpferd.“

„Na dann herzlichen Glückwunsch!“, sage ich, wobei ich mir einen ironischen Tonfall nicht verkneifen kann.

Emily wirft mir einen Blick zu, der eindeutig sagen soll: Tja, da bist du neidisch, was?

Dann geht sie mit Abendstern weiter.

„Von wegen neidisch“, brumme ich. „Jemand wie du, für den Pferde nur teure Sportgeräte sind, die man nach Belieben austauschen kann, tut mir einfach nur leid.“

Doch dann werfe ich ihr einen nachdenklichen Blick zu. „Oder bist du am Ende doch ein bisschen traurig wegen Abendstern und lässt es dir nur nicht anmerken, weil dein Vater dir einredet, dass Turniererfolge wichtiger sind als die Freundschaft mit einem Pferd?“

Achselzuckend gehe ich zu Janine hinüber, die gerade ihren Peppi putzt.

„Hallo!“, begrüßt sie mich. „Hast du’s schon gehört? Emily bekommt schon wieder ein neues Pferd.“

„Sie hat’s mir gerade verkündet“, seufze ich.

Meine Freundin schüttelt den Kopf. „So einen lieben Schatz wie Abendstern würde ich nicht hergeben, um keinen Preis der Welt.“

„Aber er ist nicht gut genug, um M-Dressuren zu gewinnen“, wende ich ein, wobei ich Emilys arroganten Ton imitiere.

Sie hält beim Striegeln inne. „Hat sie das etwa zu dir gesagt?“

„Ja, wirklich“, antworte ich.

„Ich fasse es nicht“, murmelt sie kopfschüttelnd.

Ich beschließe, das Thema zu wechseln. „Was hast du denn heute mit Peppi vor?“

„Mein Trainer kommt gleich“, erklärt sie. „Ich starte doch am Sonntag beim Westernturnier. Wir wollen die Prüfung noch ein letztes Mal durchgehen.“

Sie klopft den Striegel aus, legt ihn weg und nimmt sich die Bürste. „Aber keine Angst. Wenn wir diesmal keine Platzierung machen, werde ich Peppi bestimmt nicht verkaufen.“

„Dann würde ich dir auch die Freundschaft aufkündigen“, erkläre ich.

Sie lacht. „Genau das würde ich auch von dir erwarten. Willst du mit Filou ausreiten?“

„Ja, auf dem Reitplatz und in der Halle ist es mir heute zu voll."

Davon, dass ich wieder mit Maja verabredet bin, erzähle ich besser nichts. Sonst denken meine Freundinnen noch, dass ich jetzt nur noch mit ihr und nicht mehr mit ihnen zusammen sein will.

„Viel Spaß", meint Paulina und beugt sich hinunter, um Peppis Bauch zu bürsten.

„Dir auch. Und viel Erfolg für Sonntag", wünsche ich ihr und gehe hinüber zur Sattelkammer.

Eine halbe Stunde später führt Maja Filou in Richtung Höllbachbrücke. Ich hab ziemlich Herzklopfen, denn ich weiß genau, wie er gleich reagieren wird.

Maja wird bei ihm auch keine Chance haben, denke ich mutlos und werfe ihr einen vorsichtigen Blick zu.

Zu meinem Erstaunen sieht sie viel cooler aus als ich.

„Du bist kein bisschen aufgeregt, oder?", frage ich sie.

Maja lächelt. „Nein. Filou kann jetzt auch garantiert keinen nervösen Menschen an seiner Seite gebrauchen. Das würde seine Angst nur noch größer machen. Ich sage mir: Entweder es klappt oder es klappt eben nicht. Wenn es nicht funktioniert, musst du halt weiter mit ihm durch das Wohngebiet gehen. Wir haben nichts zu verlieren. Es kann nur besser werden, oder?"

„Da hast du auch wieder recht", antworte ich. Da wird mein Pony auch schon langsamer. Das ist eigentlich kein Wunder, denn die Höllbachbrücke ist nicht mehr weit von uns entfernt.

„Na komm!“, sage ich freundlich zu ihm.

Aber Filou gehorcht mir nicht, im Gegenteil: Deutlich sichtbar spannen sich an seinem ganzen Körper die Muskeln an, dann bleibt er stehen und innerhalb von Sekunden bildet sich ein großer Schweißfleck auf seinem Hals.

„Oha, der hat wirklich Angst“, murmelt Maja.

„Und jetzt?“, frage ich unsicher.

Inzwischen klopft mein Herz wie eine Kriegstrommel.

„Geh bitte mal ein bisschen zur Seite“, fordert sie mich auf. „Du bist mindestens so aufgeregt wie Filou, da kann er sich ja gar nicht beruhigen.“

„Okay“, sage ich und trete ein paar Schritte zurück.

Dann passiert …

… eigentlich gar nichts. Maja steht einfach nur da, streichelt Filou und spricht mit ihm. Es dauert eine ganze Weile, doch dann senkt er ein wenig den Kopf.

„Wenigstens entspannst du dich jetzt ein bisschen“, freut sie sich und klopft ihm den Hals. Dann tritt sie einen Schritt vor – und Filou folgt ihr, ohne zu zögern.

Ich glaub's nicht!, denke ich, während sie in die prall gefüllte Tasche ihrer Jeans greift, ein Leckerli herauszieht und es ihm gibt.

Als er es genüsslich frisst, streichelt sie ihn wieder und redet ihm mit einer freundlichen, ganz ruhigen Stimme zu.

Dann tritt sie noch einen Schritt vor.

Zu meinem Erstaunen folgt ihr Filou wieder brav nach. Darum bekommt er noch einmal ein Leckerli und wird ausgiebig gelobt und gestreichelt.

Als Maja jedoch den dritten Schritt vorwärtsgehen will, bleibt er stehen.

„Ist ja gut“, sagt Maja nur.

Aber sie geht nicht wieder zu ihm zurück, ja, sie sieht ihn nicht einmal an. Sie bleibt einfach nur still stehen, schaut in meine Richtung und zwinkert mir aufmunternd zu.

„Sieht ganz so aus, als hättest du einen Plan“, murmele ich so leise, dass sie mich nicht hören kann. „Fragt sich nur: Was hast du vor?“

Die Zeit vergeht, während Maja einfach nur dasteht und abwartet. Ich hab keine Ahnung, wie lange es dauert. Zwei Minuten? Fünf? Oder sogar noch länger?

Irgendwann wird es Filou langweilig; er tritt von einem Huf auf den anderen, senkt den Kopf und versucht, ein bisschen Gras vom Boden abzurupfen.

Da geht Maja blitzschnell zwei Schritte vorwärts … und der überrumpelte Filou ist ihr gefolgt, bevor er richtig kapiert hat, was passiert.

Da steht er und schaut sie verdutzt an.

Jetzt trennen ihn nur noch drei, höchstens vier Schritte von der Brücke.

„Toll! Das ist echt ein Riesenerfolg“, sage ich zu ihr.

Ich bin nicht sicher, ob sie mich überhaupt gehört hat, denn sie konzentriert sich voll und ganz auf mein Pony.

„Brav!“, lobt sie es und steckt ihm ein weiteres Leckerli zu.

Und wieder heißt es warten.

Aber egal wie viel Zeit Maja ihm auch lässt, egal wie liebevoll sie ihn streichelt und ihm zuredet, Filou ist und bleibt die große Nähe zu dem Objekt seiner Furcht unheimlich. Er steht da wie versteinert und starrt mit geblähten Nüstern auf die Brücke, als würde dort ein Monster mit gefletschten Zähnen auf ihn warten. Dabei sind da nur jede Menge Säulchen und ein entrückt dreinblickender Heiliger mit einer Bibel in der linken und einem verrosteten Kreuz in der rechten Hand.

Irgendwann, als mir allmählich die Füße einschlafen, geht Maja die Geduld aus. Noch einmal versucht sie es mit der Überrumpelungstaktik, macht ganz plötzlich einen Schritt nach vorne …

… und mein Pony geht entschlossen zwei Schritte rückwärts.

Maja ist enttäuscht. Das sieht man ihr deutlich an. Aber sie schimpft nicht mit Filou, sondern redet ihm nur weiter ruhig zu und kann ihn nach einer Weile wenigstens dazu bewegen, wieder einen Schritt nach vorne zu gehen.

Noch einmal gibt sie ihm ein Leckerli, dann sagt sie zu mir: „Ich glaube, das reicht für heute. Wenn wir jetzt auf Biegen und Brechen weitermachen, überfordern wir ihn nur. Besser, wir versuchen es an einem anderen Tag noch mal. Vielleicht geht er dann ja noch ein bisschen näher zu der Brücke hin."

„So nahe wie du hat ihn noch nie jemand dort herangekriegt. Alle Achtung!", lobe ich sie. „Am liebsten würde ich es gleich morgen wieder versuchen."

Sie wiegt den Kopf. „Mein Vater sagt immer, dass Pferde ein bisschen Zeit brauchen, um eine schwierige Lektion zu verarbeiten. Und das hier war für Filou mit Sicherheit nicht einfach. Wie wäre es mit Sonntag?"

„Okay", antworte ich.

„Prima." Sie drückt mir Filous Zügel in die Hand. „Da hast du ihn wieder. Bestimmt willst du ihn noch reiten."

Ich kraule mein Pony zwischen den Ohren. „Ja klar. Vielleicht können wir wieder zusammen ins Gelände gehen."

„Leider nicht", antwortet sie. „Mein Vater und mein Bruder brauchen heute beide Pferde."

„Schade", erkläre ich, nehme die Zügel auf und führe Filou in Richtung Hof. „Dann werde ich wohl alleine mit ihm ausreiten. Nach dem, was eben auf dem Hof los war, sind der Reitplatz und die Halle nämlich total überfüllt."

Sie grinst. „Darauf kannst du Gift nehmen. Ich bin auch lieber im Gelände als in einer überfüllten Halle. Und heute ist so schönes Wetter."

Wir sind im Hof angekommen, wo Emily gerade ihr Springpferd Sunrise sattelt.

„Emily habe ich übrigens noch nie ausreiten sehen", stellt Maja fest.

„Stimmt. Sie bleibt immer in der Halle oder auf dem Reitplatz", erkläre ich, binde Filou an einem Ring in der Mauer fest, lehne meine Unterarme auf seinen breiten Rücken und lege meinen Kopf darauf. „Vor einiger Zeit haben Birte und ich sie mal gefragt, ob sie nicht mit uns zusammen ins Gelände gehen will. Da hat sie uns doch tatsächlich erklärt, dass sie nie und nimmer über matschige und steinige Wege reiten würde. Sie findet, ihre Pferde sind dafür viel zu wertvoll und das Verletzungsrisiko ist zu hoch. Tja ..."

„Emily übertreibt", erklärt Maja. „Ein Pferd kann sich doch auch in der Halle verletzen oder auf dem Reitplatz und erst recht, wenn sie mit ihm über Hindernisse springt."

Nachdenklich sieht sie zu ihr hinüber. „Überhaupt finde ich, dass sie beim Reiten total verkrampft wirkt, so als würde es ihr gar keinen richtigen Spaß machen."

„Sie will halt Turniere reiten, Preise gewinnen und immer weiter vorwärtskommen", erkläre ich mit halb geschlossenen Augen.

„Und das um jeden Preis, oder?", meint sie.

„Vorhin hat sie mir erzählt, dass sie Abendstern verkaufen will. Dann soll sie ein neues Pferd bekommen, mit dem sie sogar M-Dressuren gewinnen kann", erkläre ich. Wieder tut mir der Gedanke, dass der freundliche, herzensgute Abendstern bald unseren Hof verlassen wird, richtig weh.

„Ausgerechnet diesen lieben Kerl will sie hergeben?", fragt Maja fassungslos.

„Tja, er ist halt nicht gut genug für sie", behaupte ich ironisch.

Sie seufzt. „Na, vielleicht bekommt er jetzt wenigstens einen besseren Besitzer, jemanden, der seinen guten Charakter zu schätzen weiß und ihn wirklich gernhat. Ich muss unbedingt Arpad davon erzählen. Dann weiß er wenigstens, mit wem er es zu tun hat. Ich hab nämlich schwer den Eindruck, dass sich Emily an ihn ranschmeißt."

Ich kichere. „Worauf du dich verlassen kannst."

„Hast du's auch schon gemerkt?" Sie grinst schief. „Na,

ich sollte jetzt besser nach Hause fahren. Vielleicht treffe ich Arpad ja noch, bevor er sich auf den Weg hierher macht. Dann kann ich ihm brühwarm die neuesten Nachrichten von Emily erzählen."

„Mach das", erkläre ich. „Ich komme dann in zweieinhalb Stunden nach und wir schauen uns zusammen die Mathearbeit an, ja?"

„Okay." Sie streichelt Filou zum Abschied über die Stirn. „Tschüss, ihr beiden!"

Ich schaue ihr nach, wie sie zu ihrem Fahrrad hinübergeht. Dabei komme ich immer mehr zu der Erkenntnis, dass Emily und Arpad eigentlich ganz gut zusammenpassen: Majas Bruder und sein Vater machen ihren Pferden mit scharfen Bremsungen die Beine kaputt und vielleicht setzen sie sie sogar unter Beruhigungsmittel, damit sie unsinnige Kunststücke vollführen. Und Emily will unbedingt immer gewinnen, koste es, was es wolle. Die beiden wären wirklich ein schönes Paar!

Allerdings habe ich immer noch absolut keine Ahnung, wie so ein tierliebes, nettes Mädchen wie Maja in *so eine* Familie passt.

Kapitel 6

Pferde-Theater

Um Viertel nach sechs bremse ich mein Fahrrad in der Hauseinfahrt der Erdelyis ab. Ich war noch mit Filou ausreiten und dann bin ich schnell nach Hause gefahren, um mich zu duschen und umzuziehen und meine Mathesachen zu holen.

Wir brauchen nicht mal eine Stunde, um die Mathearbeit durchzugehen. Denn Maja erklärt mir meine Fehler total verständlich, und nachdem wir die halbe Arbeit durchgerechnet haben, fange ich selber an zu sehen, was ich falsch gemacht habe.

Wie gut, dass wir uns getroffen haben!, denke ich, als ich meine Sachen wieder einpacke. Und laut sage ich: „Wenn du mir das alles vor der Arbeit erklärt hättest, hätte ich mit Sicherheit eine Drei geschrieben. Vielen, vielen Dank!"

„Kein Thema." Maja lächelt. „So uneigennützig war ich gar nicht. Jetzt weiß ich nämlich, was für Mathearbeiten euer Lehrer so stellt."

Ich muss grinsen. Daran hatte ich noch gar nicht gedacht.

„Die Aufgaben haben es echt in sich", meint sie, während wir zur Treppe gehen. „Außerdem hab ich den Eindruck, dass der Lehrer nicht besonders gut erklärt. Kein Wunder, dass du Vieren und Fünfen schreibst."

Ich zucke die Achseln. „Das kann schon sein. Jedenfalls bin ich im letzten Jahr von einer Drei-bis-Vier auf eine schlappe Beinahe-Fünf gesunken. Aber jetzt, wo …"

Unten im Flur geht die Haustür auf und Herr Erdelyi kommt herein. „Hallo, ihr beiden! Wir machen uns jetzt auf den Weg in die Oper. Wollt ihr mitfahren?"

In die *Oper?* In *den* Klamotten? Na, dann viel Spaß!

Herr Erdelyi trägt eine ausgewaschene Jeans, ein fleckiges Sweatshirt und feste Wanderschuhe. Dabei zieht man sich normalerweise doch todschick an, wenn man in die Oper geht. Anzug und Krawatte sind dort für Männer Standard. Ich war immerhin schon mal in der Oper. Da sah keiner aus wie Herr Erdelyi! Ob man ihn so denn überhaupt hineinlässt?

Maja hat meine Verwirrung bemerkt und lacht laut auf. „Es ist nicht das, was du denkst! Papa fährt zur Oper, weil Benno heute Abend in *Die Walküre* von Richard Wagner mitspielt."

„Wie bitte?"

Ich kann's nicht fassen. Ein Pferd im Theater ist ja schon total ungewöhnlich. Aber ein Pferd auf einer Opernbühne … Zuerst finde ich den Gedanken unheimlich komisch. Doch dann denke ich an das laut spielende Orchester und die aus voller Kehle ihre Arien schmetternden Sänger. Das ist doch wirklich kein Platz für ein Pferd. Dazu noch die Scheinwerfer, die bunten Kostüme, der Trubel. Meine Güte!

Meine Freundin grinst amüsiert. „Benno tritt im Moment jede Woche auf, oft sogar zweimal. Er hat richtig

Spaß daran, besonders, weil die Zuschauer fast immer klatschen, sobald er die Bühne betritt. Er ist dann total stolz und wächst um zehn Zentimeter."

„Kommt ihr nun mit oder nicht?", drängelt Herr Erdelyi. „Es wird höchste Zeit, ich kann mit Benno im Anhänger nicht so schnell fahren."

„Äh … keine Ahnung", stottere ich, weil ich immer noch so perplex bin. Aber dann wird mir klar: So ein Auftritt ist für Benno Stress pur. Darum setzen die Erdelyis ihn entweder jetzt unter Beruhigungsmittel oder sie tun es wahrscheinlich nie. Also werde ich ihn gleich ganz genau beobachten. Und dann werden wir ja sehen …

„Ich komme mit. Gerne sogar", beschließe ich.

„Dann ruf schnell deine Mutter an und sag ihr Bescheid", fordert Herr Erdelyi mich auf.

Ich gehe die Treppe hinunter und krame dabei mein Handy aus der Tasche. Es läuft nur der Anrufbeantworter, also spreche ich meine Nachricht auf Band, während ich hinter Maja und Herrn Erdelyi zum Auto gehe. Das Handy noch in der Hand, öffne ich die hintere rechte Tür.

„Ich dachte schon, ihr kommt gar nicht mehr."

Das war Arpads Stimme. Er sitzt in der linken Ecke auf der Rückbank.

Mit dem habe ich irgendwie gar nicht gerechnet. Herr Erdelyi hat zwar eben von „wir" gesprochen, aber ich habe geglaubt, dass er nur von sich und Benno geredet hat.

Nur weil Arpad mich mit hochgezogenen Augenbrauen ansieht, wird mir klar, dass ich ihn gerade anstarre wie ein Kaninchen die Schlange. Ist das peinlich!

Ich gebe mir einen Ruck, klettere auf die Rückbank und setze mich in die rechte Ecke. Noch während ich mich anschnalle, fährt Herr Erdelyi das Auto aus der Parklücke hinaus auf die Straße.

Die Fahrt dauert fast eine halbe Stunde, beinahe doppelt so lang wie sonst. Das liegt einerseits daran, dass wir mit dem Pferdeanhänger tatsächlich langsamer sind. Andererseits ist unterwegs wirklich jede Ampel auf Rot geschaltet und davor bilden sich regelmäßig lange Schlangen.

Immer wieder schaut Herr Erdelyi nervös auf die Uhr. Doch dann fahren wir endlich auf den Hinterhof des Opernhauses.

Als das Auto angehalten hat, springen Maja und Arpad sofort hinaus und laden Benno aus. Ich postiere mich in ein paar Schritten Entfernung und warte ab, was passiert.

In der ehrwürdigen, alten Oper bin ich schon zweimal gewesen: Einmal habe ich mir mit meiner Grundschulklasse *Die Zauberflöte* angeschaut und letztes Jahr waren wir mit unserer Musiklehrerin in *Hänsel und Gretel.*

Das Opernhaus wurde vor beinahe zweihundert Jahren gebaut. Mit seinen hohen Säulen und den vielen feierlich dreinschauenden Statuen in seiner Front wirkt es fast wie ein alter Tempel. Hier aber, sozusagen im Hinterhof der Kunst, sieht es längst nicht so vornehm aus: In einer Ecke stapeln sich große Holzkisten und daneben stehen mehrere Müllcontainer. An der hinteren Mauer parken Autos und sogar ein Lastwagen. Gerade fährt jemand mit einem Gabelstapler über den Hof.

Als ich das Wummern der langsam rückwärtstretenden

Hufe höre, schlägt mein Herz schneller. Wenig später sehe ich Bennos Hinterbeine, dann die kräftige Hinterhand und schließlich seinen ganzen Körper. Langsam und vorsichtig klettert er die Rampe hinunter, dann bleibt er im Hof stehen.

Die Erdelyis haben ihn heute besonders schön gemacht: Im warmen Licht der Abendsonne schimmert sein blitzsauberes schwarzes Fell wie Ebenholz. Der lange Schweif und die dichte Mähne sind mit bunten Bändern verflochten und seine Hufe glänzen vom Huffett. Er trägt ein rotes Halfter und einen genauso gefärbten Führstrick. Überhaupt: Wie er so dasteht, mit erhobenem Kopf und aufmerksam hin und her spielenden Ohren, sieht er beinahe überirdisch schön aus.

Moment mal! Hin und her spielende Ohren? Hat meine Mutter mir nicht erklärt, dass Pferde, die unter Beruhigungsmitteln stehen, apathisch sind und ihre Ohren kaum bewegen?

Vorsicht, Zoe! Jetzt bloß keine voreiligen Schlüsse ziehen. Es kann doch gar nicht sein, dass ein Pferd in einer Umgebung wie dieser ohne Beruhigungsmittel so cool bleibt. Bestimmt wirkt das Zeug, das die Erdelyis Benno gegeben haben, einfach noch nicht richtig. Warte also weiter ab. Und vor allem: Halte Benno im Auge!

Herr Erdelyi hat sich wieder an das Steuer seines Autos gesetzt und fährt das Fahrzeug samt Anhänger zu einem freien Parkplatz. Arpad hält Benno am Führstrick. Er legt dem Hengst die Hand auf den Hals und meint: „Na, mein Guter, hast du jetzt alles gesehen? Seit dem letzten Samstag hat sich kaum etwas verändert, oder?“

Benno senkt seinen Kopf und lässt sich von Arpad die Mähne kraulen.

Aha, jetzt beginnt das Beruhigungsmittel wohl doch zu wirken, schlussfolgere ich.

Herr Erdelyi hat sein Auto abgestellt, kommt zu uns herüber und nimmt Arpad den Strick ab. Die drei gehen mit ihrem Pferd zu einem Tor, das in das alte Opernhaus hineinführt.

Ich folge ihnen mit deutlichem Abstand. Wenn das Beruhigungsmittel noch nicht stark genug wirkt, wird Benno nämlich mit Sicherheit vor dem Tor stehen bleiben; vielleicht wird er sogar austreten, steigen, sich losreißen und weglaufen! Und dann will ich wirklich nicht in seiner Nähe sein.

Vor mir öffnet Arpad das Tor und Benno marschiert ohne jedes Zögern in den dahinterliegenden Raum hinein. Nur sein Schweif schlägt ein bisschen unruhig hin und her und seine Ohren sind aufmerksam nach vorne gestellt. Weil ich die Letzte bin, mache ich das Tor wieder zu: ganz langsam, sehr vorsichtig und so leise wie möglich, damit ich Benno bloß nicht erschrecke.

Wir stehen in einer großen, fensterlosen Halle, die nur ein paar wenige Glühbirnen schwach erleuchten. Aber Benno wirkt weder verängstigt noch apathisch, eher schon hellwach und neugierig. Aufmerksam lauscht er auf die dramatisch klingende Musik und den Gesang, die leise von oben zu uns herunterdringen. Mit geweiteten Nüstern atmet er den Cocktail aus unzähligen fremden Gerüchen ein, die hier mit Sicherheit die Luft erfüllen. Lächelnd und sichtbar entspannt steht Herr Erdelyi neben ihm und streichelt ihm über den kräftigen Hals.

Arpad geht zu einer breiten Tür, auf der in schwarzen Lettern „Lastenaufzug" geschrieben steht, und drückt auf den Knopf.

„In den Personenaufzug passt Benno leider nicht hinein", erklärt mir Maja.

Hoffentlich hat sie einen Witz gemacht!, denke ich entsetzt. Plötzlich bin ich heilfroh, dass es in dieser Halle so düster ist, denn so kann vermutlich niemand mein schockiertes Gesicht sehen. Zum Glück hört außer mir auch keiner, dass mein Herz wie rasend klopft. Und die Gedanken, die wie ein Schwarm aufgescheuchter Vögel in meinem Kopf herumschwirren, kann sowieso niemand lesen: Ein Pferd in einem Aufzug? Du lieber Himmel! Wenn Benno da drin nicht in heillose Panik ausbricht, dann hat er eine ganze Flasche Beruhigungsmittel getrunken und ein halben Liter Schnaps gleich hinterher!

Komisch nur, dass er diesen Eindruck gar nicht macht. Interessiert beobachtet er die wechselnd aufleuchtenden Lichter an der Knopfleiste des Fahrstuhls. Als die Türe sich mit leisem Sirren öffnet, marschiert er hinein, als wäre es das Selbstverständlichste von der Welt. Ich glaube, er hat nicht mal auf ein Kommando von Herrn Erdelyi gewartet.

Maja und Arpad folgen den beiden.

Und ich kriege weiche Knie. Denn jetzt soll ich wohl hinter den beiden hergehen, fürchte ich.

Worauf hab ich mich bloß eingelassen?, frage ich mich, während mein Herz einen wilden Kriegstanz beginnt. Soll ich wirklich in diese enge Kabine hineingehen, auf Tuchfühlung mit einem mehr als eine halbe Tonne schweren Hengst, der jeden Moment die Nerven verlieren kann?

Aber ich habe meinen Stolz. Und der befiehlt mir, dass ich mich auf gar keinen Fall vor Maja und Arpad als Feigling outen darf! Darum gebe ich mir doch noch einen Ruck und tapse zu ihnen in den Fahrstuhl.

„Wurde aber auch Zeit, dass du dich endlich hier reintraust“, meint Arpad spitz.

Das bringt ihm einen Rippenstoß von seiner Schwester und einen vernichtenden Blick von meiner Wenigkeit ein.

„Fahrstühle waren noch nie so ganz mein Ding“, flunkere ich, um meine seelische Blöße vielleicht doch noch irgendwie zu bedecken.

Da stehe ich nun, direkt neben dem muskulösen schwarzen Hengst. Beinahe geräuschlos, aber quälend langsam schließt sich die Türe. Mit deutlichem Ruckeln setzt sich der Aufzug in Bewegung …

Und mir bricht der Schweiß aus. Am liebsten würde ich mich in eine Ecke drücken oder mich unsichtbar machen. Und am allerliebsten wäre ich gar nicht hier!

Atemlos beobachte ich das mächtige Pferd, das mit geblähten Nüstern und schnell hin und her spielenden Ohren neben mir steht.

Jederzeit könnte es mich mit seinem massigen Körper zerquetschen.

„Es ist ziemlich stickig hier drin, oder?“, fragt mich Herr Erdelyi, der den Schweiß auf meiner Stirn offenbar bemerkt hat. „Mach dir nichts draus. Sobald wir aus dem Aufzug heraus sind, wird es besser.“

Zum Glück muss ich ihm nicht antworten. Ich wüsste auch gar nicht, was ich sagen sollte. Denn jetzt hält der Aufzug schon wieder an, die Türe öffnet sich, und weil ich als Letzte in die Kabine gegangen bin, darf ich sie als Erste wieder verlassen. Damit auch die anderen, Benno eingeschlossen, aus dem Aufzug hinaustreten können, gehe ich ein paar Schritte in den halbdunklen Flur hinein, der vor uns liegt.

Hier sind die Musik und der Gesang viel lauter. Gerade wird unter Verwendung vieler Geigen eine ebenso bedrohliche wie tragische Melodie gespielt.

Sie passt hervorragend zu meiner Stimmung.

Während die anderen an mir vorbeigehen, schaue ich mich vorsichtig um. An den Wänden des Flures gibt es viele Türen; alle sind geschlossen. Unter manchen schimmert aber ein dünner Lichtstreifen hervor.

Maja ist neben mir stehen geblieben und erklärt: „Das sind die Künstler-Garderoben.“

Langsam, mit einem deutlichen Sicherheitsabstand zu Benno, Arpad und Herrn Erdelyi, gehen wir weiter.

Da stößt der Friesenhengst ein lautes Schnauben aus. Erschrocken fahre ich zusammen.

„Keine Angst, er kennt sich hier gut aus“, meint Arpad, der mich zu meinem Leidwesen aus den Augenwinkeln beobachtet hat. Das gönnerhafte Lächeln, das er mir dabei zuwirft, bringt mich innerlich zum Brodeln.

Ich gebe mir den strengen Befehl, mich ab jetzt noch mehr zusammenzunehmen.

„Rheeeeiiiiingoooold!", kreischt plötzlich eine weibliche Stimme hinter einer Türe, direkt vor Benno. Sie ist so fürchterlich laut, dass sogar mir fast die Ohren abfallen.

Nach der ersten Schrecksekunde wird mir klar, dass da niemand erschrocken aufgeschrien hat. In Wirklichkeit hat ein weibliches Wesen mit voller Absicht und einer unglaublich kräftigen Stimme gesungen.

Alarmiert ist Benno stehen geblieben, mit gespitzten Ohren und bebenden Nüstern starrt er auf die Tür.

Und meine Knie sind jetzt so weich, dass ich mich mit der rechten Hand an der Wand abstützen muss.

Arpad grinst.

Ja, wirklich! Ich glaube, er muss sich mächtig zusammenreißen, um nicht laut loszulachen.

Herrgott noch mal, was ist denn so lustig daran, wenn jemand blass wie eine Leiche auf Urlaub an der Wand lehnt und vor lauter Herzklopfen kaum noch Luft kriegt? Oh Arpad, wie ich dich hasse!

Zu meinem grenzenlosen Erstaunen lässt Benno nach dem ersten Schrecken ein freundliches Grummeln ertönen.

„Ja eben. Benno, das war doch nur deine geliebte Frau König", sagt Herr Erdelyi, der die ganze Zeit über total ruhig geblieben ist.

Beinahe gleichzeitig öffnet sich die Tür und eine hübsche, stark geschminkte, kräftige junge Frau rauscht in einem langen Kleid zu uns auf den Flur.

„Hallo zusammen", begrüßt sie uns mit einer auffällig melodisch klingenden Stimme. Dann wendet sie sich Benno zu und streichelt ihm über den Hals. „Na, mein Schatz, da bist du ja endlich. Wir müssen uns beeilen; in wenigen Minuten haben wir unseren Auftritt."

Dabei zieht sie ein Stück Apfel aus einer irgendwo in ihrem prächtigen Gewand versteckten Tasche, hält es Benno hin und krault ihm liebevoll die Stirn.

Am anderen Ende des Flures öffnet sich eine große Tür und ein Mann schaut zu uns herüber. „Nun kommt schon! Gleich geht's los!", mahnt er.

„Alles klar", antwortet Frau König und verschwindet noch einmal kurz in ihrer Garderobe.

Mit einem langen Speer und einem Schild bewaffnet, kommt sie wieder heraus und geht uns voran in Richtung der hohen Tür.

Ob gleich dahinter die Bühne ist?, frage ich mich, während ich weiter durch den Flur gehe.

Dann stehen wir in einem großen Raum, der uns gegenüber durch einen schweren Vorhang abgeschlossen wird. Hinter dem Vorhang erklingen die Orchestermusik und singende Stimmen, so laut, als würden wir direkt vor der Bühne im Publikum sitzen.

Angespannt beobachte ich Benno. Er ist stehen geblieben; seine Ohren sind immer noch aufmerksam gespitzt, und … Irre ich mich? Seine ausdrucksvollen dunklen Augen leuchten! Benno ist garantiert *nicht* betäubt. Trotzdem hat er kein bisschen Angst. Im Gegenteil, er wirkt, als würde er sich so richtig auf diesen Auftritt freuen!

Von nun an erlebe ich alles wie im Traum: Völlig gelassen nimmt Frau König Benno am Strick.

Jemand zieht den Vorhang ein wenig zur Seite und die beiden gehen über eine Rampe auf die Bühne.

Benno folgt Frau König in das gleißende Scheinwerferlicht und die irrsinnig laute Musik, als sei es das Selbstverständlichste von der Welt. Als er die Bühne betritt, scheint er wirklich ein bisschen zu wachsen und er schreitet plötzlich so langsam und so schwebend voran, als glitte er auf einer Wolke dahin.

Die Zuschauer sehen den bildschönen Hengst, ein bewunderndes Raunen geht durch die Menge und mächtiger Szenenapplaus setzt ein. Stolz, mit hoch erhobenem Kopf und schimmernden Augen, schaut Benno in die begeistert klatschende Menschenmenge.

„Der wirkt ja richtig glücklich“, flüstere ich Maja zu.

„Das sagte ich doch. Er ist eben ein geborener Schauspieler, der Gute“, antwortet sie.

„Ähem.“ Ich bin so beeindruckt, dass mir für einen Moment die Stimme wegbleibt. „Selbst im Traum hätte ich nicht geglaubt, dass so etwas wirklich möglich ist.“

Da beginnt Frau König zu singen, mit einer wunderschönen, aber so markerschütternd lauten Stimme, dass sie damit beinahe die Bühnenbretter zum Beben bringt. Dabei schaut sie Benno durch und durch liebevoll an. Und der steht ganz still da; ja, er scheint den Gesang, der mit Sicherheit seine empfindlichen Trommelfelle zum Flattern bringt, regelrecht zu genießen.

Als Frau König ihm die Hand auf die Mähne legt, drückt er zärtlich seine Nüstern gegen ihre Schulter.

Prompt bekommen die beiden wieder Szenenapplaus.

„Das machen sie an dieser Stelle immer“, erklärt Maja, als das Klatschen wieder abebbt. „Benno weiß genau, dass er dann jedes Mal Beifall bekommt.“

„Überhaupt hat sich sein Auftritt zu einem Höhepunkt der Aufführung entwickelt“, ergänzt Herr Erdelyi strahlend. „Das sagt nicht nur der Regisseur, sondern es stand auch schon in den Zeitungskritiken.“

Ich nicke nur, weil ich jetzt endgültig kein Wort mehr herauskriege.

Vielleicht liegt das daran, dass die Musik gerade jetzt besonders packend ist. Oder auch daran, dass die Leute nun von Neuem klatschen und klatschen und gar nicht mehr damit aufhören wollen. Der Grund könnte aber auch sein, dass ich so gerührt bin vom Anblick dieses wundervollen Hengstes, der so unglaublich viel Freude hat an diesem Auftritt, dem jedes andere Pferd nur mit Angst und Schrecken begegnen würde.

Als Bennos Szene vorbei ist, wir alle vier wieder im Auto sitzen und Herr Erdelyi das Fahrzeug samt Pferdetransporter aus dem Hof des Opernhauses auf die Straße lenkt, schweige ich immer noch. Ich bin so aufgewühlt, ja durcheinander, dass ich nur noch wortlos auf die Häuser starren kann, die unablässig an meinem Fenster vorbeigleiten.

Erst als vor uns die ersten grünen Felder zu sehen sind, kann ich wieder etwas sagen. „Wie habt ihr das nur gemacht?“

„Was meinst du denn?“, fragt Herr Erdelyi und bremst vor einer roten Ampel.

„Benno hatte eben bei seinem Auftritt gar keine Angst: nicht vor dem Aufzug und nicht vor den vielen Zuschauern, ja nicht einmal vor der lauten Musik und dem Gesang von Frau König direkt neben ihm“, erkläre ich. „Er hat so ausgesehen, als hätte ihm das Ganze richtig Spaß gemacht, trotz der ganzen Unruhe und des Krachs um ihn herum. Dabei muss das alles für ihn doch ein Riesenstress gewesen sein. Die meisten Pferd hätte man nicht mal in diesen Lastenaufzug hineingekriegt, geschweige denn auf die Bühne.“

„Natürlich nicht“, bestätigt Arpad. „Pferde sind schließlich Fluchttiere. Wenn sie Angst vor etwas haben oder wenn sie etwas einfach nicht kennen oder nicht einschätzen können, wollen sie sofort weglaufen.“

„Eben“, meine ich ein bisschen ungeduldig, weil ich seine ungebetene Lehrstunde wirklich nicht nötig habe. „Also: Wie habt ihr es denn nun hingekriegt?“

„Oh, das ist eine lange Geschichte“, antwortet Herr Erdelyi. Die Ampel schaltet wieder auf Grün und er gibt Gas. „Wie Arpad schon sagte: Ein Pferd bekommt Angst, wenn es etwas nicht kennt. Darum muss man es mit dem, was es fürchtet, in aller Ruhe bekannt machen. Außerdem muss es lernen, dass es ‚seinem‘ Menschen wirklich immer absolut vertrauen kann. Sogar dann, wenn es in eine verwirrende oder furchterregende Lage ...“

Rechts neben der Fahrbahn weiden Rehe. Herr Erdelyi geht vom Gas und ist für einen Moment abgelenkt.

„Genau“, fährt Maja an seiner Stelle fort. „Wenn es mit dem Menschen, zu dem es gehört, oft genug in schwierige Situationen geraten ist, wenn ihm dabei niemals etwas passiert ist und es stattdessen mit Geduld und Freundlichkeit beruhigt wurde, hat es irgendwann begriffen: Diesem Menschen kann ich vertrauen. Solange er bei mir ist, wird mir absolut nichts passieren. Pferde, die das verstanden haben, sind die Ruhe selbst und kaum noch zu schocken."

„Benno ist jetzt ja schon acht Jahre alt, sozusagen fast ein alter Hase im Showgeschäft", ergänzt Arpad. „Mein Vater hat ihn gekauft, als er ein halbes Jahr alt war. Ein paar Wochen später kam Favory zu uns. Der war damals ungefähr genauso alt wie Benno und die beiden konnten zusammen aufwachsen. Wir hatten auch noch unser altes Pferd, einen über zwanzig Jahre alten Araberhengst, Agamemnon. Auf dem haben Maja und ich das Reiten gelernt."

Jetzt nimmt Herr Erdelyi den Faden wieder auf. „Ein ganz feiner Kerl war das, sehr mutig, unglaublich geduldig und absolut erfahren, der beste Lehrmeister, den Benno und Favory haben konnten. Er hat unsere Fohlen regelrecht unter seine Fittiche genommen."

„Als wir Benno und Favory ein paar Monate lang bei uns hatten, haben wir sie öfter zu den Auftritten von Papa und Agamemnon mitgenommen", erzählt Arpad. „So haben sich die Fohlen schon ganz früh an Theater- und Opernbühnen, Kameras, Krach, Menschenmengen und so weiter gewöhnt."

„Und weil unser guter Agamemnon dabei war und immer ganz ruhig blieb, haben die beiden schnell verstanden, dass es überhaupt nichts gab, vor dem sie sich fürchten mussten", erklärt Herr Erdelyi. „So ist das Ganze für sie allmählich zum Alltag geworden und sie fanden alles einfach nur normal. Dann haben sie selbst als Stuntpferde zu arbeiten begonnen und schnell gemerkt, wie viel Spaß es macht, vor vielen Zuschauern aufzutreten, bewundert zu werden und Applaus zu bekommen."

„Tja", meint Maja. „Als Agamemnon mit dreißig Jahren in Pension gegangen ist, sind Benno und Favory endgültig in seine Hufspuren getreten."

„Okay", sage ich nur. Aber in Gedanken füge ich hinzu: Also, dreißig Jahre alt muss Filou erst noch werden. Ob er, falls er das überhaupt schafft, dann noch so gesund und fit ist, dass er wie Agamemnon sogar noch arbeiten könnte?

Arpads Stimme unterbricht meine Gedanken. „Allerdings gibt es immer wieder Aufgaben, die sogar das routinierteste und vertrauensvollste Stuntpferd nicht einfach so erledigen würde."

„Meinst du die Mauer?", fragt Maja.

„Ja, zum Beispiel", antwortet er.

„Stell dir vor: Heute hat der Regisseur von *Das Erbe der Musketiere* angerufen", erklärt Maja mir. „Er hat Papa gefragt, ob der Held nicht in einer Szene auf Favory im Galopp eine Mauer durchbrechen kann. Das Problem ist nur: Die Dreharbeiten beginnen schon in gut zwei Wochen."

„Oha!" Ungläubig schüttele ich den Kopf. „Das macht doch kein Pferd der Welt, durch eine Mauer brechen. Das tut doch weh!"

„Eben", bestätigt sie. „Das Pferd hat ja keine Ahnung, dass die Filmleute für die Mauer Steine aus Schaumstoff benutzen."

„Aber es gibt Methoden, Pferden auch so etwas beizubringen“, fügt Arpad hinzu.

„Wirklich?“, frage ich und muss wieder an die Beruhigungsmittel denken.

„Ja klar“, bestätigt Herr Erdelyi. „Morgen Nachmittag lässt die Filmgesellschaft solche Spezialsteine auf Hof Buchental anliefern. Und gleich übermorgen früh fangen wir an, mit Favory zu üben.“

„Möchtest du nicht zusehen?“, bietet mir Maja an.

„Doch, total gern!“ Das wird spannend!, denke ich. Mal sehen, ob sie bei dieser Aktion Beruhigungsmittel verwenden.

„Alles klar. Aber nicht verschlafen!“, ermahnt mich Herr Erdelyi und schaut lächelnd über den Rückspiegel zu mir herüber.

„Übrigens: Frau König liebt Benno heiß und innig“, erzählt Arpad stolz. „Sie reitet selbst und sie hat gefragt, ob wir ihn ihr nicht verkaufen wollen.“

„Natürlich kommt das überhaupt nicht infrage“, wirft Herr Erdelyi ein. „Aber es freut mich unheimlich, wenn die Leute Spaß an der Arbeit mit unseren Pferden haben.“

„Das glaube ich Ihnen sofort“, versichere ich.

Gleichzeitig liegt mir jedoch eine wichtige, drängende, ja regelrecht bohrende Frage auf der Zunge, nämlich: Wenn Sie Ihre Pferde so gernhaben, warum quälen Sie sie dann mit diesen mörderischen Stopps aus vollem Galopp?

Doch diese Frage stelle ich nicht. Weil ich einfach nicht den Mut dazu habe.

Stattdessen bedanke ich mich bei den Erdelyis, als sie mich

vor ihrer Haustür bei meinem Fahrrad aussteigen lassen. Ich verabschiede mich und sehe ihnen hinterher, bis das Auto und der Pferdetransporter um die nächste Kurve verschwunden sind. Dann steige ich immer noch ratlos auf mein Fahrrad und radele durch die dunklen Dorfstraßen nach Hause.

Es ist schon nach zehn Uhr, als ich zu Hause ankomme. Aber im Wohnzimmer brennt noch Licht.

Ich habe mein Fahrrad noch nicht ganz in die Garage geschoben, als die Haustür aufgeht und Hektor mir freudig bellend entgegenspringt.

„Da bist du ja endlich“, begrüßt mich meine Mutter erleichtert. „Ich habe zwar deine Nachricht auf dem Anrufbeantworter gehört, aber ich hätte nie gedacht, dass du so spät nach Hause kommen würdest. Und als ich versucht habe, dich anzurufen, war dein Handy ausgeschaltet. Also ehrlich: Ich war drauf und dran, zum Reiterhof zu fahren, um herauszufinden, was los ist.“

„Entschuldigung“, murmele ich kleinlaut, während ich unseren fröhlichen Hund knuddele. „Als wir losgefahren sind, hatte ich überhaupt keine Ahnung, wie lange es dauern würde. Und dann war alles so aufregend, dass ich einfach nicht mehr an dich gedacht habe.“

„Jetzt bist du ja wieder da“, meint sie versöhnlich. „Hast du denn schon etwas gegessen?“

Nein. Hab ich nicht. Aber das fällt mir erst jetzt auf. Ich war wohl die ganze Zeit über so angespannt, dass ich meinen Hunger gar nicht gespürt habe. Doch jetzt, wo Mama danach fragt, meldet sich mein Magen umso lauter.

„Bis jetzt bin ich nicht mal dazu gekommen, auch nur an Essen zu denken“, gestehe ich ehrlich.

„Na, dann wird’s aber Zeit. Komm rein, der Tisch ist noch gedeckt“, fordert sie mich auf.

Wir gehen in die Küche, ich falle auf meinen Stuhl und schmiere mir eilig ein halbes Brötchen.

„Und nun erzähl mal! Wie war’s denn?“, fragt Mama.

„Super. Aufregend. Einfach unglaublich“, antworte ich kauend. Und während ich nach und nach drei ganze Brötchen verschlinge, berichte ich von dem, was wir gemacht haben, was ich beobachtet habe und was die Erdelyis mir hinterher gesagt haben.

„Das klingt richtig gut“, meint Mama, als ich fertig bin und mir zum Nachtisch einen Apfel aus dem Obstkorb nehme.

„Ja, das finde ich auch. Und stell dir vor: Übermorgen früh wollen die Erdelyis mit Favory üben, durch eine Mauer zu galoppieren. Die besteht natürlich aus Schaumstoff-Steinen, aber das kann Favory ja nicht wissen.“

Nachdenklich sieht Mama mich an, während ich in den Apfel beiße. Dabei zerdrückt sie ein kleines Stückchen Brot zwischen ihren Fingern und lässt die Krümel auf die Tischplatte rieseln.

„Wie wollen sie das anstellen?“, fragt sie dann. „Kein Pferd der Welt würde freiwillig durch eine Mauer gehen. Erst recht nicht im Galopp.“

„Keine Ahnung“, gestehe ich. „Aber ich darf beim Üben zuschauen.“

„Das solltest du wirklich machen“, meint Mama. „Vielleicht kannst du dabei sogar noch etwas lernen.“

„Kann sein“, gebe ich zu. „Jedenfalls werde ich hinterher hoffentlich endlich wissen, ob sie ihren Pferden manchmal Beruhigungsmittel geben oder nicht.“

Mama zieht die Augenbrauen hoch. „Richtig. Nun, wir werden ja sehen.“

Kapitel 7

Des Rätsels Lösung?

Am Sonntagmorgen steige ich um sieben Uhr in der Frühe quietschvergnügt und gespannt wie ein Flitzebogen auf mein Fahrrad und radele zum Hof Buchental.

Obwohl es noch so früh ist, bin ich ganz von alleine aufgewacht. Das liegt eindeutig daran, dass ich so neugierig auf das Training mit Favory bin!

Heute soll es laut Wetterbericht zum ersten Mal in diesem Jahr brütend heiß werden. Schon jetzt haben wir mit Sicherheit über zwanzig Grad; die Sonne strahlt buchstäblich mit Feuereifer von einem wolkenlosen Himmel.

Mal sehen, wie Filou bei dieser Hitze so drauf ist. Im letzten Sommer war er immer ein bisschen schlapp, wenn das Thermometer in Richtung dreißig Grad stieg. Ich fürchte, das sind die ersten Anzeichen dafür, dass er eben doch langsam alt wird. Für ein einundzwanzigjähriges Pony ist das ja auch keine Schande. Trotzdem tut mir die Erkenntnis in der Seele weh.

Was mache ich denn heute mit ihm?, überlege ich, während ich vor einer roten Ampel anhalte. Zuerst werde ich den Erdelyis und Favory beim Üben zuschauen. Danach wollen Maja und ich versuchen, mein Pony noch ein bisschen näher an die Höllbachbrücke heranzulotsen. Darum wird es mindestens zehn Uhr, bis ich mit ihm noch etwas anderes unternehmen kann. Und ich hab keine Ahnung, wie heiß es dann ist.

Aber das ist nicht so schlimm. Wenn Filou nicht zu hundert Prozent fit ist, mache ich nur einen ruhigen Schritt-Ausritt. Oder, noch besser: Ich komme heute Abend noch mal in den Reitstall. Dann ist es wieder kühler und wir können auch mal traben oder galoppieren. Vielleicht kommen Maja und Benno dann ja auch mit. Oder ich rufe Birte, Pauline und Janine an. Von denen hat bestimmt jemand Zeit.

Als mein Rad auf den Hof Buchental rollt, schaue ich mich gleich nach den Erdelyis um. Aber ich entdecke weder sie noch ihr Auto. Nur der Pferdetransporter der Münzkötters steht mal wieder mit heruntergeklappter Rampe im Hof.

„Schon wieder ein Turnier? Emily will es in diesem Jahr aber wirklich wissen“, murmele ich.

Da kommt sie aus dem Stall, mit Abendwind am Zügel.

„Hallo!“, rufe ich ihr zu.

Sie hebt grüßend die Hand, dann konzentriert sie sich wieder darauf, den hübschen Dunkelbraunen in den Transporter zu führen.

„Wenn die wüsste, dass Arpad jeden Moment hier auftauchen wird, wäre sie garantiert nicht so aufmerksam bei der Sache“, murmele ich grinsend und schließe mein Fahrrad ab. Dabei sehe ich, dass Herr Sattler mit einem leeren Heuwagen aus dem Stall kommt. Offenbar ist er gerade mit dem Füttern fertig geworden.

„Hallo, Zoe“, begrüßt er mich gut gelaunt. „Was machst du denn schon so früh hier?“

„Ich möchte den Erdelyis zusehen, wie sie für ihre Filmauftritte mit Favory üben“, erkläre ich.

„Ja klar, warum nicht? Arpad und sein Vater sind noch nicht da. Sie kommen meistens so gegen halb acht, aber bis dahin dauert es ja nicht mehr lange.“

Mir ist nicht entgangen, dass Emily, die eigentlich schon wieder auf dem Rückweg in den Stall war, stehen geblieben ist und aufmerksam die Ohren spitzt.

Bestimmt hat sie gehört, wie Herr Sattler „Arpad“ gesagt hat, überlege ich und muss schon wieder grinsen. Ich nicke Herrn Sattler zu und gehe hinüber in den Stall, um Filou Guten Morgen zu sagen.

Mein Pony hebt den Kopf und begrüßt mich mit einem erfreuten Grummeln. Dann mümmelt es weiter an seinem Heu.

Ich betrete seine Box, gebe ihm seine Begrüßungs-Möhre und streichele ihn so lange, bis ich von draußen die Stimmen von Maja, Arpad und ihrem Vater höre.

Als ich aus dem Stall ins Freie trete, steht der Pferdetransporter der Münzkötters immer noch auf dem Hof. Gerade kommen Maja und Herr Erdelyi, schon mit Putzkasten, Halfter und Führstrick bewaffnet, aus der Sattelkammer. Arpad dagegen unterhält sich angeregt mit Emily. Mir entgeht nicht, dass sein Vater den beiden einen amüsierten Blick zuwirft.

Hat er's also auch schon kapiert, denke ich. Dann ziehe ich erstaunt die Augenbrauen hoch. Eben hatte Emily ihre langen blonden Locken noch zu einem Pferdeschwanz gebunden. Nun jedoch fallen sie locker über ihre Schultern. Und dieses durch und durch strahlende Lächeln, mit dem sie Arpad ansieht …

Jetzt hat Emily mich gesehen. Sie mustert mich kurz mit einem abfälligen Blick, dann wendet sie sich wieder Arpad zu.

Na gut, mit meiner fleckigen, alten Reithose, dem verwaschenen T-Shirt und den abgewetzten Reitstiefeln sehe ich garantiert nicht mal halb so schnieke aus wie Fräulein Münzkötter. Am liebsten würde ich ihr zurufen: „Ist ja schon gut! Arpad ist sowieso dein Revier. Ich will garantiert überhaupt nichts von ihm."

Aber das wäre ja wohl megapeinlich. Darum belasse ich es bei einem kurzen „Hallo" in Richtung Arpad und gehe weiter.

Doch da kommt Herr Münzkötter mit Emilys Turnierjackett über dem Arm aus dem Stall und ruft seiner Tochter zu: „Beeile dich, Schatz, sonst kommen wir noch zu spät!"

Emily zuckt ein bisschen zusammen. Offenbar hatte sie vor lauter Arpad total vergessen, warum sie hier ist. Sie verabschiedet sich schnell von ihm, geht zum Auto ihres Vaters und klettert auf den Beifahrersitz.

Maja wirft mir einen Blick zu, der eindeutig sagen soll: Uff! Die wären wir los.

„Hallo, Zoe", begrüßt mich Herr Erdelyi.

„Guten Morgen zusammen", antworte ich. „Kann ich helfen? Ich könnte schon mal Favorys Sattel und seine

Trense holen. Dann brauchen wir nachher nicht noch einmal in den Hof zu gehen."

„Vielen Dank. Aber nein. So etwas brauchen wir heute nicht", erklärt er.

„Alles klar." Ich folge den beiden durch das kleine Tor zum Laufstall.

Dabei merke ich wieder, wie aufgeregt und neugierig ich bin. Was haben sie heute bloß vor …?

Als wir bei Favory und Benno auftauchen, kauen die beiden gerade an ihrem letzten Rest Heu. Sie heben ihre Köpfe, schauen uns mit gespitzten Ohren an und freuen sich über die Möhren, die ich ihnen mitgebracht habe.

Als wir den Putzkasten auspacken, kommt Arpad zu uns herüber.

„Na, hast du Emily auch schön lange nachgewunken?", frotzelt Maja.

Ein tödlicher Blick ist die Antwort.

Weil wir vier Leute sind, teilen wir uns die Arbeit: Ich mache Benno sauber, während Herr Erdelyi und Maja sich um Favory kümmern. Arpad dagegen holt den Handwagen mit den Schaumstoff-Steinen, um in der Reithalle die Film-Mauer aufzubauen.

Während ich Benno putze, beobachte ich Maja und ihren Vater aus den Augenwinkeln. Wenn sie Favory heimlich ein Beruhigungs-Pülverchen geben, will ich das unbedingt mitkriegen.

Aber obwohl ich aufpasse wie ein Luchs, sehe ich sie nur striegeln und bürsten und Hufe auskratzen.

Als ich zwanzig Minuten später mit ein paar Schritten

Sicherheitsabstand hinter Favory her zur Reithalle gehe, hab ich den Hengst immer noch im Auge. Mit erhobenem Kopf und flüssigen Schritten geht er locker vorwärts und schaut sich interessiert nach allen Seiten um. Als aus dem Stalltrakt ein Pferd wiehert, antwortet er mit seinem kräftigen, beeindruckend tiefen Hengstruf.

Ein leichter Wind verfängt sich in seiner feinen Mähne und mir wird wieder einmal klar, wie schön Favory doch ist.

Er braucht das Heldenpferd gar nicht zu spielen, er ist wirklich eines! Gerade jetzt, wo die Sonne auf seinem glänzenden Fell schimmert, sieht er so prachtvoll aus wie das mutige Schlachtross eines Königs auf einem alten Gemälde. Bestimmt wird er in dem Film genau so wirken.

Da kommt mir eine Idee: Ich könnte die Erdelyis doch einmal fragen, ob ich bei den Dreharbeiten zusehen darf!

Mein Herz macht einen erfreuten Hüpfer. Jawohl. Genau das werde ich tun. Dass ich da nicht früher draufgekommen bin …

Soweit ich weiß, soll fast alles größtenteils in den Sommerferien stattfinden. Und die Drehorte sind angeblich gar nicht so weit von hier entfernt. Da dürfte es für mich wohl kein Problem sein, ab und zu mal zuzuschauen. Vielleicht nehmen die Erdelyis mich sogar mit. Meine Mutter kann mich nicht fahren, weil sie die ganzen Ferien über arbeiten muss und sogar die Urlaubsvertretung für einen Kollegen macht. Sonst kann ich bestimmt auch einen Bus nehmen. Mama hätte sicher nichts dagegen. Erst recht nicht, wo wir in diesem Sommer ja nicht in Urlaub fahren können, weil sie so viel arbeiten muss.

Oh Mann! Bei Filmaufnahmen dabei sein, die Schauspieler kennenlernen ... Vielleicht gibt mir Travis Lauter sogar ein Autogramm. Und wer weiß, wer sonst noch alles mitspielt ...?

Zoe, du darfst nicht abheben!, ermahne ich mich. Mach einen Schritt nach dem anderen. Jetzt schaust du erst mal den Erdelyis bei der Arbeit zu. Dann fragst du sie, ob du bei den Filmaufnahmen zusehen darfst. Danach redest du mit Mama. Und dann kannst du an Autogramme denken.

Wir sind nun fast an der Reithalle angekommen. Arpad hat uns wohl schon kommen sehen, denn er öffnet gerade das Eingangstor.

Wir gehen hinein und ich runzele verwirrt die Stirn.

In der Mitte der Reitbahn steht die sogenannte Mauer. Aber das Ganze ist maximal ein Mäuerchen, das nur aus drei übereinandergestapelten Reihen dicker Schaumstoff-Steine besteht. Und in der Mitte dieses eigenartigen Gebildes hat Arpad einen zwei Schritte breiten Durchgang gelassen.

Da lässt sich nun wirklich jedes Pferd hindurchführen. Bestimmt wird Herr Erdelyi seinen Sohn gleich ausschimpfen.

Doch zu meinem Erstaunen lobt er ihn: „Gut gemacht. Genauso habe ich es mir vorgestellt."

Er streichelt Favory über den Hals, schnalzt mit der Zunge und marschiert los.

Ich gehe zum Rand der Reitbahn hinüber, lehne mich an die Bande und beobachte mit gerunzelter Stirn, wie die beiden auf das Mäuerchen zugehen.

Langsam führt Herr Erdelyi sein Pferd darum herum.

„Und was soll jetzt dieses Theater?“, murmele ich.

Favory schaut sich das Gebilde interessiert an. Aufmerksam spielen seine Ohren hin und her; ab und zu schlägt er sogar aufgeregt mit seinem Schweif.

Maja gesellt sich zu mir. „Ich glaube, er hat schon kapiert, dass wir etwas Besonderes mit ihm vorhaben und dass es irgendwie mit diesen Steinen zusammenhängt“, sagt sie in Richtung ihres Vaters.

„Da bin ich mir sicher“, bestätigt Herr Erdelyi.

Dann führt er Favory ein zweites Mal um die Mauer herum.

„Ich frage mich nur, wie Favory mithilfe dieses mickrigen Mäuerchens samt Durchgang lernen soll, eine hohe Mauer umzurennen“, sage ich zu Maja. Dabei rede ich leise, weil Herr Erdelyi mich nicht hören soll.

„Wart’s einfach …“, beginnt sie, doch da ruft ihr Vater: „Maja, dein Einsatz!“

Sie zwinkert mir zu und setzt sich in Bewegung.

Herr Erdelyi stellt sich mit Favory vor den Durchgang im Mäuerchen und Maja postiert sich auf die andere Seite, ihnen genau gegenüber. Sie zieht eine Mohrrübe aus der Tasche, hält sie dem Hengst hin und lockt: „Na komm!“

Natürlich setzt sich Favory widerstandslos in Bewegung. Und selbstverständlich marschiert er ohne Zögern durch den Durchgang. Dann nimmt er seine Belohnung in Empfang, während Maja und ihr Vater ihn so ausgiebig loben, als hätte er gerade eine echte Heldentat vollbracht.

„Jetzt weiß Favory, dass er zwischen den beiden Mauern hindurchgehen soll“, erklärt Arpad.

Ich erschrecke ein bisschen, denn ich habe gar nicht gemerkt, dass er zu mir gekommen ist.

„Dann lass uns weitermachen“, meint Herr Erdelyi.

Arpad geht, um einen mit Schaumstoff-Steinen gefüllten Handwagen zu holen, der an der anderen Seite der Halle steht. Er nimmt ein paar Steine heraus und baut damit den Durchgang etwas enger.

Jetzt kann sich Favory gerade noch hindurchdrücken.

„Prima“, meint Herr Erdelyi, als sein Sohn fertig ist. Dann stellt er sich mit seinem Pferd an die eine Seite des Durchgangs, Maja nimmt ihre Position auf der anderen Seite ein und hält dem Hengst die nächste Möhre hin.

Mal sehen, was Favory jetzt macht, überlege ich. Wetten, diesmal geht er nicht so einfach hindurch? Er muss doch glauben, dass das Mäuerchen aus harten Steinen besteht.

Herr Erdelyi marschiert los und der Schimmel folgt ihm brav: einen Schritt … und noch einen … Kurz vor dem Mäuerchen bleibt er stehen.

„Du Feigling!“, lacht Herr Erdelyi.

Ein, zwei Sekunden wartet er noch ab, dann geht er weiter. Aber er hat die Rechnung ohne seinen Hengst gemacht, denn der bleibt wie angewurzelt stehen.

„Na los, du Angsthäschen. Beweg dich!“, fordert ihn Herr Erdelyi auf und setzt noch einmal an.

Tatsächlich, jetzt hebt Favory einen Vorderhuf, er tut einen Schritt … und bleibt wieder stehen. Mit nervös schlagendem Schweif schaut er auf das Mäuerchen, das jetzt ganz nahe vor ihm steht.

„Brav!“, lobt Herr Erdelyi und klopft ihm den Hals.

Ob das Loben jetzt schon richtig ist?, frage ich mich. Favory ist doch noch lange nicht hindurchgegangen.

Ich lehne mich an die Bande und warte.

Und warte.

Endlich schnalzt Herr Erdelyi mit der Zunge und geht weiter.

Und tatsächlich, Favory folgt ihm!

Langsam, zögernd und sehr vorsichtig drückt er sich zwischen den vermeintlich harten Steinen hindurch – und macht einen erschrockenen Satz nach vorn, als er doch noch mit seinem Hinterhuf daranstößt.

Herr Erdelyi trägt es mit Fassung. „Siehst du, die tun dir gar nicht weh", sagt er nur.

Noch ein Schritt und die beiden haben Maja erreicht.

Herr Erdelyi klopft Favory den Hals und sieht ihm dabei zu, wie er seine Möhre frisst.

„Das Ganze noch mal?", fragt Arpad.

„Ja klar", bestätigt sein Vater.

Zum dritten Mal führt er den Lipizzaner auf die andere Seite des Mäuerchens und beginnt von vorn.

Diesmal macht der Hengst kaum noch Schwierigkeiten. Er ist zwar immer noch ein bisschen aufgeregt und sehr vorsichtig: Unsicher und zögernd, aber ohne stehen zu bleiben, balanciert er zwischen den Schaumstoff-Steinen hindurch. Auch als er dabei an einen Stein stößt, zuckt er nur ein bisschen zusammen und bleibt ruhig.

„So. Er hat eindeutig kapiert, dass die Steine ihn nicht verletzen können", stellt Herr Erdelyi erleichtert fest, als Maja dem Hengst die Möhre gibt.

Arpad geht wieder los, um den Handwagen zu holen.

„Und was haben Sie nun vor?“, frage ich gespannt.

„Jetzt machen wir Schluss“, erklärt Herr Erdelyi.

„Ja, aber warum …“, beginne ich.

Doch da ist Arpad bei seinem Vater angekommen und bittet Maja und mich: „Packt ihr mit an? Dann geht’s schneller. Eine von euch müsste mir beim Ziehen helfen und die andere den Wagen von hinten anschieben. Es ist nämlich ganz schön schwer, das Teil alleine durch den Sand zu ziehen. Mir werden allmählich die Arme lahm.“

Wir tun ihm den Gefallen. Die Räder bohren sich immer wieder tief in den weichen Boden hinein und sie blockieren andauernd. Sogar zu dritt macht das Ganze ziemlich viel Mühe. Als wir den Wagen aus der Halle hinausbugsiert haben, bin ich ehrlich gesagt ziemlich k. o. Arpad muss richtig Kraft haben, sonst hätte er das Ding vorher niemals so lange alleine ziehen können.

Ich werfe ihm einen beeindruckten Seitenblick zu.

„Warum habt ihr mit Favory denn nicht weitergemacht? Gerade lief es doch so gut“, frage ich Maja, als wir mit ein paar Schritten Entfernung hinter Arpad her zum großen Laufstall gehen.

Sie überlegt kurz.

„Weil wir Pferden nichts mit Worten erklären können“, antwortet sie dann. „Wir können Favory nicht sagen, dass die Steine in dieser Mauer weich sind, dass sie ganz leicht umfallen und ihm bestimmt nicht wehtun. Er muss das selbst merken.“

„Das hat er ja auch“, werfe ich ein. „Genau darum hättet ihr nicht Schluss machen dürfen, finde ich.“

Sie wiegt den Kopf. „Da irrst du dich. Pferde sind ja Fluchttiere. Darum brechen sie in Panik aus, wenn sie überfordert sind. Und wenn das geschieht, verlieren sie schnell das Vertrauen in uns Menschen. Wenn uns so etwas mit Favory passiert wäre, müssten wir ihm eine längere Pause gönnen und dann noch einmal ganz von vorne anfangen – egal, wie weit wir vorher schon mit ihm gekommen wären."

„Na ja, das wäre wirklich hart. Erst recht, weil ihr bis zum Drehbeginn nur noch zwei Wochen Zeit habt", gestehe ich.

„Ja, eben", bestätigt sie. „Außerdem wäre es nicht sicher, ob Favory jemals wieder so gut mit uns zusammenarbeiten würde, wie er das jetzt tut. Pferde haben nämlich ein ausgezeichnetes Gedächtnis. Wenn sie einmal eine schlechte Erfahrung gemacht haben, vergessen sie die nie wieder."

„Oje", seufze ich, obwohl ich mich frage, ob Maja nicht ein bisschen übertreibt.

„Das, was Favory lernen soll, ist für ihn sehr schwierig", fährt sie fort. „Darum lassen wir ihm jetzt erst mal Zeit, die Übung heute ein bisschen zu verdauen. Morgen machen wir ein, zwei kleine Schritte weiter: Zuerst wiederholen wir, was er heute gelernt hat. Dann bauen wir die Mauer ein wenig höher, und wenn er gut hindurchgeht, machen wir den Durchgang noch ein bisschen enger. "

„Das Ganze braucht aber sehr viel Zeit", stelle ich fest.

„Eigentlich schon", bestätigt sie. „Zwei Wochen sind normalerweise zu kurz, um einem Pferd so etwas beizubringen. Aber Favory ist zum Glück ein Stuntpferde-Profi. Er hat schon so viele Dinge gelernt, die ihm eigenartig oder sogar gefährlich vorgekommen sind, dass es wahrscheinlich trotzdem klappt. Außerdem vertraut er Arpad und Papa wirklich zu hundert Prozent. Und dieses Vertrauen dürfen wir um gar keinen Preis zerstören. Lieber sagt Papa die Shownummer mit der Mauer ab. Das hat er dem Regisseur auch schon vorgestern am Telefon klargemacht."

Ich senke den Kopf. Gerade ist mir nämlich ein sehr schmerzhafter Gedanke gekommen.

„Was ist denn los?" Besorgt legt mir Maja die Hand auf den Arm.

Ich sehe sie traurig an. „Ich musste gerade wieder an diese blöde Brücke denken. Und ich habe mich gefragt, ob Filou vielleicht nur deshalb nicht hinübergeht, weil er zu wenig Vertrauen in meine Mutter und mich hat."

Sie schüttelt den Kopf. „Das kann ich mir nicht vorstellen. Ihr beide seid doch wie zwei gute Freunde. Filou mag dich, das sieht jeder Blinde, und er vertraut dir so sehr, wie ein Pferd einem Menschen nur vertrauen kann."

„Ich hab ja auch auf ihm reiten gelernt", meine ich. „Trotzdem fürchte ich ..."

„Nein, nein", wehrt sie ab. „Ich glaube, dahinter steckt etwas ganz anderes."

„Und das wäre?", frage ich.

„Filou hat mit irgendetwas, das sich auf dieser Brücke befindet, früher einmal sehr schlechte Erfahrungen gemacht", vermutet sie. „Soviel ich weiß, gehört er deiner Mutter ja erst, seit er drei Jahre alt ist."

„Das sind immerhin schon achtzehn Jahre, also länger, als ich lebe", protestiere ich.

„Ja klar“, gibt sie zu. „Aber vorher kann ihm doch jede Menge passiert sein. Und die Erfahrungen, die ein Pferd in seiner Kindheit macht, prägen sich ihm besonders tief ein. Darum kaufen wir unsere Pferde ja auch als junge Fohlen. Dann wissen wir nämlich, was sie alles erlebt haben.“

„Worüber redet ihr eigentlich?“

Huch! Das ist Arpad. Jetzt hat der mir schon wieder einen kleinen Schrecken eingejagt. Dieser Junge hat wirklich ein geradezu unheimliches Talent, sich unhörbar an jemanden heranzuschleichen.

Maja wirft mir einen fragenden Blick zu. Als ich nicke, erzählt sie ihm von Filous Problem mit der Höllbachbrücke.

Arpad hört interessiert zu.

„Immerhin hat Maja Filou vorgestern bis ganz kurz vor die Brücke geführt“, lobe ich sie, als sie fertig ist. „So weit ist vorher noch niemand mit ihm gekommen. Nicht mal Herr Sattler.“

Sie nickt. „Wir wollen es heute noch mal versuchen und dann wieder nächste Woche. Vielleicht schaffen wir es ja mit der Zeit, ihn über die Brücke hinüberzulotsen. Wenn ihm dabei nichts Unangenehmes passiert, verliert er mit der Zeit wahrscheinlich seine Angst und irgendwann ist die Sache endgültig ausgestanden.“

„Das ist kein schlechter Plan“, bestätigt ihr Bruder. „Aber hat Filou denn nur vor dieser einen Brücke Angst oder fürchtet er sich vor allen Brücken?“

„Nur vor dieser einen“, erkläre ich. „Über die Holzbrücke zum Beispiel geht er ohne Probleme.“

Arpad nickt langsam. „Gut. Dann können wir noch etwas anderes versuchen."

„Was denn?", will ich wissen.

„Ich hab wirklich keine Ahnung, ob es etwas bringt", wendet er ein. „Aber habt ihr schon mal versucht, Filou von der anderen Seite über die Brücke zu führen?"

Verdutzt sehe ich ihn an. „Natürlich nicht. Es ist doch immer dieselbe Brücke."

„Für dich ja. Aber nicht für Filou", widerspricht er.

Irre ich mich oder blitzt in seinen Augen schon wieder der Schatten dieses arroganten Grinsens auf, das ich so absolut gar nicht leiden kann? Irritiert runzele ich die Stirn.

„Schau mal, du und ich und alle anderen Menschen haben ihre Augen *vorne* im Gesicht", erklärt Arpad.

„Wo denn auch sonst?", knurre ich ärgerlich.

„Sie könnten zum Beispiel auch *hier* sein." Er legt seine beiden Zeigefinger an die Schläfen. „An den beiden Seiten ihres Kopfes haben ja auch die Pferde ihre Augen."

Da hat er recht. Ich habe nur noch nie darüber nachgedacht.

Als ich langsam nicke, fährt er fort: „Wenn wir unsere Augen wie die Pferde an den Seiten unseres Kopfes hätten, würden wir nicht mit beiden Augen das Gleiche sehen, sondern mit jedem etwas anderes."

„Und das bedeutet, dass für Filou die Brücke ganz anders aussieht, wenn er von den Feldern kommt, als wenn er vom Hof aus zu ihr hingeht", rufe ich aus.

„Richtig", stellt Arpad fest. „Genau das könnte uns helfen. Sollen wir es einmal mit ihm versuchen?"

„Ja … ja klar, warum nicht?“, stottere ich ein bisschen verwirrt.

Gerade ist mir nämlich eingefallen, dass ich bei meinem letzten Ausritt mit Maja von den Feldern aus zur Höllbachbrücke geritten bin. Und mir Depp ist dabei gar nicht aufgefallen, dass Filou ohne jedes Zeichen von Angst zu der Brücke hinmarschiert ist. Noch ein, zwei Schritte weiter und er hätte vielleicht seine Vorderhufe daraufgesetzt – wenn ich ihn nicht vorher gestoppt hätte!

Und warum habe ich ihn angehalten?

Weil ich fest davon überzeugt war, dass er um keinen Preis der Welt hinübergehen würde! Ich bin fassungslos.

„Fangen wir sofort an?“, schlägt Arpad vor. „Ich hab gerade Zeit.“

„Oh ja, bitte!“, rufe ich aus.

Gemeinsam spazieren wir zu Filous Box, ziehen ihm die Trense über und gehen los.

Ganz ruhig, Zoe!, sage ich mir, als wir Filou vom Hof und über die Kastanienallee führen.

Cool bleiben!, ermahne ich mich wieder, als wir das Wohngebiet erreicht haben.

Zum Glück ist so früh am Sonntagmorgen hier noch nicht viel los. Trotzdem scheint es mir eine Ewigkeit zu dauern, bis wir endlich den Feldweg erreicht haben, der zur Höllbachbrücke führt.

Mein Herz pocht jetzt wie wild. Ich muss mich richtig zusammennehmen, um meine rechte Hand, die Filous Zügel umfasst hat, einigermaßen ruhig zu halten. Er darf meine Aufregung auf keinen Fall spüren, sonst wird er auch nervös. Und dann müssen wir den Versuch vielleicht abbrechen, bevor wir richtig damit angefangen haben.

Offenbar schaffe ich es tatsächlich, mich im Griff zu behalten, denn Filou geht weiter ruhig und zufrieden neben mir her. Doch als die Höllbachbrücke in sein Blickfeld kommt, wirft er so unruhig den Kopf, dass mir die Zügel beinahe aus meinen verschwitzten Fingern gleiten.

„Lass mich machen. Ich bin gerade viel cooler als du", sagt Arpad. Dabei schaut er mich freundlich an; in seinen Augen liegt nicht die kleinste Spur von Spott oder Arroganz.

„Ja, danke", erkläre ich und drücke ihm den Führstrick in die Hand.

„Ist es in Ordnung, wenn ich ab jetzt vorgehe?", will er noch wissen.

Ich nicke nur, falle hinter ihm und meinem Pony zurück und folge den beiden in ein paar Metern Sicherheitsabstand.

Maja bleibt bei mir und legt mir die Hand auf die Schulter.

„Was soll denn schon schiefgehen?", versucht sie, mich zu beruhigen.

Irritiert sehe ich sie an.

„Denk daran, was ich dir vorgestern gesagt habe: Das Schlimmste, was passieren kann, ist, dass Filou sich hinterher immer noch nicht über diese Brücke traut", erklärt sie.

„Stimmt schon", gestehe ich. „Aber wenn er wenigstens von dieser Seite aus über die Brücke gehen würde, wäre das für Mama und mich eine große Erleichterung.

Und falls wir sogar herausfinden können, was ihm hier so furchtbare Angst macht, dann wäre das … Dann wäre das so ähnlich, als hätte man einen störenden Fleck von einem wunderschönen Foto weggewischt."

„Da hast du auch wieder recht", gibt sie zu. „Trotzdem gibt es überhaupt keinen Grund, sich aufzuregen, finde ich."

Wir sind jetzt fast an der Brücke angekommen. Ich kann sehen, wie Arpad sie interessiert mustert: Die kleinen Säulen, die die Geländer tragen, und die ein bisschen heruntergekommene Figur des Heiligen, der in seiner linken Hand die große Bibel hält und das große, verrostete Kreuz in seiner Rechten mit weltentrücktem Blick betrachtet.

Unwillkürlich bleibe ich stehen.

Arpad dagegen geht mit zügigen Schritten weiter. Ich höre, dass er leise mit Filou redet. Seine Stimme klingt ruhig, freundlich und total optimistisch. Bestimmt spricht er Ungarisch, denn ich verstehe kein Wort. Dennoch klingt es so, als würde er meinem Pony ein schönes Märchen erzählen.

Filou hat die Ohren gespitzt und marschiert entspannt weiter, nicht ein einziges Mal schlägt er nervös mit dem Schweif. Es sieht aus, als würde er sich so sehr auf Arpads freundliche Stimme konzentrieren, dass er seine Umgebung gar nicht mehr richtig wahrnimmt.

Nun ist die Brücke nur noch etwa drei Schritte von den beiden entfernt … Jetzt nur noch zwei …

Arpad führt Filou in einer engen Kurve darauf zu … und mein Pony betritt die Höllbachbrücke ohne jedes Zögern!

Fassungslos klammere ich mich an Majas Arm fest und sehe ungläubig dabei zu, wie Arpad mein vollkommen ruhiges Pony über die Brücke führt, auf die Mitte zu, an der Heiligenfigur vorbei …

Da!

Filou macht einen Satz; er rennt los, reißt Arpad um und schleift ihn ein Stück mit, bis Arpad die Zügel loslässt … und mein Pony stürmt in Panik von der Brücke, galoppiert auf die hohe Mauer von Hof Buchental zu, bremst im letzten Moment scharf ab, fährt auf der Hinterhand herum und starrt mit aufgerissenen Augen die Brücke an.

Maja und ich spurten los.

„Kümmere dich um Filou! Ich schaue nach Arpad", schnauft meine Freundin, als wir die Brücke erreicht haben.

„Alles klar", antworte ich.

Als ich an dem sich langsam aufrappelnden Arpad vorbeilaufe, sehe ich, dass er blutet. Hoffentlich hat er sich nicht ernsthaft verletzt!

Jetzt bin ich fast bei meinem Pony angekommen und werde langsamer. Vorsichtig gehe ich auf Filou zu, krame dabei in der Tasche meiner Reithose nach einem Leckerli und halte es ihm hin.

Tatsächlich weicht er nicht vor mir zurück, sondern streckt den Kopf nach dem Leckerli aus und nimmt es mir mit seinen weichen Lippen ab. Aber er kommt nicht einen einzigen Schritt näher. Und das garantiert nur, weil hinter mir die furchterregende Brücke steht.

Ich fasse ihn am Kopfstück, bücke mich und nehme seine Zügel auf, die auf dem Boden neben ihm hergeschleift sind.

„Zum Glück bist du wenigstens nicht darin hängen geblieben. Sonst wärst du wahrscheinlich gestürzt und hättest dich vielleicht verletzt.“

Ich gebe mir große Mühe, ruhig zu klingen. Trotzdem ist meine Stimme ganz zittrig. Wenigstens bleibt Filou einigermaßen ruhig stehen. Darum drehe ich mich um und schaue zu Maja und Arpad hinüber.

Ich atme auf, als ich Arpad sehe, der wieder auf den Beinen ist und mit Maja auf uns zukommt. Allerdings humpelt er ein bisschen und seine rechte Hand blutet immer noch.

„Oje“, seufze ich und will auf die beiden zugehen.

Aber Filou bewegt sich keinen Zentimeter von der Stelle. Also bleibt mir nichts anderes übrig, als auf meine Freunde zu warten.

Da ruft mir Arpad zu: „Es ist eindeutig dieser Heilige, der Filou solche Angst macht!“

Du bist echt tapfer, denke ich. Gerade hast du einen bühnenreifen Sturz hingelegt, du humpelst und deine Hand blutet, trotzdem hast du nichts Dringenderes zu tun, als über Filou nachzudenken.

„Hast du dir schlimm wehgetan?“, frage ich.

Er schüttelt den Kopf. „Das gibt nur ein paar blaue Flecken und meine Hand hat einen Kratzer. Es macht gar nichts. Schau mal!“ Er hält mir zum Beweis seine Hand hin.

Ich schlucke, denn sie ist voller Blut. Und seine Handfläche, dort, wo die Zügel hindurchgeglitten sein müssen, ist richtig tief aufgeschürft.

Mit der linken Hand krame ich in meiner Jeans, ziehe

ein Taschentuch heraus und halte es ihm hin. „Hier, ist einigermaßen sauber."

Doch Arpad hat sich schon wieder halb der Brücke zugewandt und betrachtet sie mit gerunzelter Stirn.

„Das Kreuz?", murmelt er und nimmt mir das Taschentuch ab.

Und nach einer kurzen Pause sagt er, lauter diesmal: „Ja, ich denke, es ist wirklich das Kreuz, das ihm solche Angst macht."

Nachdenklich sehe ich zu dem heruntergekommenen Heiligen hinüber, der wie immer mit unschuldig-frommem Gesichtsausdruck das verrostete Kreuz in seiner rechten Hand betrachtet.

„Das glaube ich nicht", erkläre ich dann. „Filou hat gescheut, als er schon beinahe an der Figur vorbeigelaufen war. Da konnte er das Kreuz doch schon gar nicht mehr sehen."

Arpad wickelt sich das Tuch um die Hand. Dann dreht er sich zu mir um und für einen Moment leuchtet wieder die wohlbekannte Arroganz in seinen Augen auf.

„Oh doch, das konnte er", behauptet er. „Vergiss nicht: Filou ist ein Pferd und kein Mensch. *Wir* können nur nach vorne schauen. Darum hätten wir das Kreuz an dieser Stelle der Brücke wirklich nicht mehr sehen können. Aber Filou hat seine Augen seitlich am Kopf. Darum kann er nur nicht sehen, was direkt vor und hinter ihm ist. Davon abgesehen hat er aber einen perfekten *Rundumblick*."

„Aha", mache ich. Auch darüber hab ich mir noch nie

Gedanken gemacht. Aber jetzt, wo er es sagt ... Es würde manche der merkwürdigen Erlebnisse erklären, die mir mein Pony schon beschert hat.

„Anfangs war noch die große Bibel vor dem Kreuz", fährt Arpad fort. „Und ich bin mir ziemlich sicher, dass Filou genau in dem Moment gescheut hat, in dem das Kreuz in sein Blickfeld geraten ist."

Mein Gehirn arbeitet auf Hochtouren, geht die gerade erlebte Szene wieder und wieder durch, wägt das Für und Wider ab ... Aber alles klingt logisch. Arpad könnte wirklich recht haben.

Erst als er zu grinsen beginnt, wird mir klar, dass ich ihn die ganze Zeit über mit offenem Mund angestarrt habe. Nun nimm dich doch endlich mal zusammen, Zoe!

„Können wir das nicht noch mal überprüfen?", mischt sich Maja ein. „Wir könnten zum Beispiel etwas über das Kreuz drüberlegen."

Sie reckt sich und schaut sich um. „Dahinten liegt eine alte Holzkiste. Die wäre doch ganz gut dafür geeignet."

Energisch schüttele ich den Kopf. „Das ist nicht nötig. Das Kreuz ist so locker, dass wir es ganz einfach herausnehmen können. Das hat mir zumindest Herr Sattler gesagt. Er hat einen Zuschuss beim Denkmalamt beantragt, weil er die Figur restaurieren lassen will."

Maja nickt. „Die hat's ja wohl auch echt nötig."

„Na gut", meint Arpad.

Er humpelt zu der Statue, legt seine linke Hand um das Kreuz und versucht vorsichtig, es zu bewegen. Tatsächlich lässt es sich ohne allzu großen Kraftaufwand aus der steinernen Hand herausziehen. Dann geht Arpad noch ein paar Schritte weiter und versteckt das Kreuz unter dem Geländer hinter einem der Säulchen.

Irre ich mich oder hat mein Pony gerade wirklich aufgeatmet?

Jedenfalls hat mich jetzt die Neugierde gepackt. Ich will unbedingt wissen, ob Filou tatsächlich über die Brücke gehen wird, nur weil dieses rostige Kreuz nicht mehr da ist.

Gleichzeitig habe ich aber auch Angst.

Egal. Komme, was da wolle, ich werde es versuchen!

Entschlossen packe ich den Führstrick fester und gehe auf die Brücke zu.

Und Filou folgt mir! Er macht einen Schritt ... noch einen ... und noch einen ... Aber je näher wir der Brücke kommen, umso schneller geht mein Puls. Unablässig ermahnt mich eine warnende innere Stimme: Geh nicht weiter! Wäre es denn wirklich so schlimm, wenn alles so bliebe, wie es ist? Es wäre jedenfalls viel weniger schlimm als das, was gleich mit dir passieren wird, wenn Filou wieder in Panik ausbricht. Kehr um! Sofort!

Ich will den immer drängenderen Einflüsterungen meiner Furcht nicht nachgeben. Doch sie wird immer lauter, sie klingt immer verzweifelter – bis ich nicht mehr gegen sie ankomme.

Arpad ist meine Rettung. Da steht er, wenige Schritte hinter dem Standbild des frommen Heiligen. Fast habe ich das Gefühl, er könne meine Gedanken lesen. Jetzt liegt nämlich kein Funke von Arroganz mehr in seinen Augen. Er schaut mich derartig ruhig und gleichzeitig so aufmunternd an, dass ich mich an seinem Blick festklammere und einfach immer weitergehe.

Dabei beginne ich, leise mit meinem Pony zu sprechen. Ich erzähle ihm irgendwas, rede von dem schönen Wetter und von den vielen Leckerli, die ich heute Morgen für ihn in meine Hosentasche gesteckt habe.

„Die schmecken nach Apfel“, erkläre ich. „Wenn du es schaffst, brav über diese Brücke zu gehen, bekommst du sie alle. Versprochen!“

Zu meiner Freude lässt sich Filou tatsächlich nicht beirren. Als er, ohne zu zögern, die Brücke betritt, würde ich am liebsten laut losjubeln vor Freude! Jetzt habe ich plötzlich das Gefühl, als gäbe es nur noch mein Pony und mich und die steinerne Statue, die mit sanftem Gesichtsausdruck und leerer rechter Hand auf uns wartet. Alles geschieht wie in Zeitlupe, als wir uns langsam der großen Figur nähern. Filous Ohren beginnen, unruhig hin und her zu spielen, er schnaubt, er schüttelt den Kopf, schlägt mit seinem Schweif …

Aber er geht immer weiter.

Wir haben die Statue erreicht. Ich bin auf das Schlimmste gefasst, schiele abwechselnd auf mein Pony, dann wieder zu dem komischen Heiligen …

Wird Filou erschrecken, wieder einen Riesensatz machen, mich umreißen, davonrennen …?

Und dann liegt die Figur auf einmal hinter uns.

Filou geht immer noch ganz ruhig weiter, er spielt nicht einmal mit den Ohren und sein Schweif schwingt bei jedem Schritt entspannt hin und her.

Dann schnaubt er und senkt den Kopf.

Arpad strahlt über sein ganzes Gesicht.

Und ich kann es nicht fassen. Wie im Traum schwebe ich auf das Ende der Brücke zu.

Erst als wir auf den Feldweg abbiegen, fange ich wirklich an zu kapieren, was gerade passiert ist: Filou ist über die Höllbachbrücke gegangen! Genau über die Brücke, vor der er so viele Jahre lang so große Angst gehabt hat. Denn wir haben herausgefunden, wovor er sich immer so sehr gefürchtet hat!

Es war wirklich das Kreuz. Ein stinknormales, langweiliges Stück verrostetes Eisen.

Ich gehe noch ein paar Schritte, dann packt mich derartig die Freude, dass ich weiche Knie bekomme. Ich muss stehen bleiben und mich an Filous Mähne klammern. Hilflos lehne ich an seiner Schulter und drücke mein Gesicht in sein weiches Fell.

„Ist alles in Ordnung?"

Das ist Maja. Sie muss hinter mir hergekommen sein, aber das habe ich vor lauter Anspannung gar nicht bemerkt.

Langsam drehe ich mich zu ihr um und wische die Tränen ab, die, wie mir jetzt erst klar wird, über meine Wangen laufen.

„Oh ja. Ich … ich heule nur, weil ich mich so freue", erkläre ich mit zittriger Stimme.

Da umarmt mich Maja und drückt mich ganz fest.

Ich brauche eine Weile, bis ich mich halbwegs wieder im Griff habe. Als ich den Kopf hebe, sehe ich durch einen

Schleier von Tränen, dass Arpad, der das Kreuz wieder in die Hand der Figur gesteckt hat, zu uns kommt.

„Herzlichen Glückwunsch! Mensch, das hast du ganz toll gemacht. Du warst richtig mutig!“, sagt er strahlend. Dann streckt er mir seine Hand hin und entschuldigt sich mit einem schiefen Grinsen: „Ist nur die Linke, aber die kommt von Herzen, sagt meine Oma.“

Gleichzeitig heulend und lachend ergreife ich seine Hand und schüttele sie heftig.

Kapitel 8

Vor dem Sturm

Hallo Zoe!“, ruft mir Paulina schon von Weitem zu. „Sag mal, was ist denn los mit dir?“

Und Janine fügt hinzu: „Du siehst ja total fertig aus.“

Mit Halftern und Stricken bewaffnet, kommen mir die beiden aus der Sattelkammer entgegen, als ich gerade auf mein Fahrrad steigen will.

Ich habe Filou auf die Weide gebracht und mich von Arpad und Maja verabschiedet. Jetzt möchte ich so schnell wie möglich nach Hause fahren, um Mama die frohe Botschaft zu überbringen.

Zum Reiten hab ich mich auf heute Abend um acht mit Maja verabredet. Selbst wenn es nicht so heiß wäre, käme es für mich absolut nicht infrage, jetzt zu reiten. Ich bin so durcheinander, dass ich mich gar nicht richtig auf mein Pony konzentrieren könnte.

Ich lehne mein Fahrrad wieder an die Mauer und erkläre: „Das glaubt ihr mir sowieso nicht.“

„Nun sag's schon!“, fordert mich Janine auf.

„Filou ist eben über die Höllbachbrücke gegangen“, strahle ich.

„Nein!“, sagt Paulina erwartungsgemäß.

„Doch, wirklich!“, versichere ich.

„Aber das ist ja großartig!“, freut sich Janine. „Wie hast du das denn nur gemacht?“

„Eigentlich kann ich gar nicht viel dafür“, gestehe ich und erzähle, was eben passiert ist. „Als Arpad das Kreuz versteckt hatte, hab ich mir gedacht: Jetzt oder nie! Also hab ich Filou am Zügel genommen, bin mit ihm auf die Brücke zugegangen – und siehe da: Er ist einfach mitgekommen! Nicht ein einziges Mal hat er versucht, stehen zu bleiben!“, beende ich meinen Bericht triumphierend.

Paulina schüttelt ungläubig den Kopf. „Es war also wirklich und wahrhaftig nur dieses rostige Kreuz. Warum hat er denn ausgerechnet davor so eine furchtbare Angst?“

„Das werden wir wohl nie erfahrenen“, gebe ich zu. „Aber immerhin haben wir einen Verdacht.“

„Und der wäre?“, fragt Janine neugierig.

„Ihr wisst doch, dass Filou diese große Narbe an seiner linken Kruppe hat“, beginne ich.

„Die hatte er doch angeblich schon, als deine Mutter ihn gekauft hat“, erinnert sich Paulina.

„Ja genau“, bestätige ich. „Der Vorbesitzer hat Mama damals erzählt, dass Filou als Jährling einmal zusammen mit den anderen Pferden seiner Herde von der Weide ausgebüxt ist. Als er wieder eingefangen wurde, hatte er einen tiefen Schnitt auf seiner Kruppe. Daraus ist die Narbe geworden.“

„Und jetzt vermutest du …“, wirft Paulina ein.

„Richtig“, bestätige ich. „Wir glauben, dass Filou sich damals an so einem Kreuz verletzt hat. Oder an einer Art Haken, der ganz ähnlich aussah.“

„Wenn das stimmt, ist es ja wohl absolut kein Wunder, wenn er sich vor dem Kreuz auf der Brücke fürchtet", überlegt Janine.

„Sicher nicht", bestätigt Paulina. „So wie die Narbe heute noch aussieht, muss ihm die Verletzung scheußlich wehgetan haben. Bestimmt hat er sich damals auch furchtbar erschreckt."

„Filou war ja noch sehr jung. Und was ein junges Pferd erlebt, das prägt sich ihm besonders tief ein. Das sagt jedenfalls Arpad", erkläre ich noch.

„Der versteht echt was von Pferden", meint Paulina anerkennend.

Wir gehen zu der großen Linde hinüber und setzen uns auf die Bank. Dann erzähle ich meinen Freundinnen, wie Arpad, Maja und ihr Vater heute Morgen mit Favory geübt haben, die Schaumstoff-Mauer umzurennen.

„Die haben jede Menge Geduld", stellt Janine fest.

„Warum setzt der Regisseur sie denn so sehr unter Zeitdruck?", fragt Paulina. „Er hätte sich das Ganze doch auch ein, zwei Monate früher überlegen können."

„Herr Erdelyi meint, die meisten Filmleute hätten keine Ahnung von Pferden", erkläre ich. „Darum verlangen sie manchmal das beinahe Unmögliche. Die Stuntmen und ihre Pferde müssen halt sehen, wie sie es doch noch irgendwie hinkriegen."

„Tja." Paulina zuckt die Achseln. Dann sieht sie mich fragend an. „Und du bist dir wirklich ganz sicher, dass die Erdelyis bei der ganzen Prozedur nicht doch irgendwelche Mittelchen verwendet haben?"

„Meine Mutter hat mir erklärt, worauf ich achten muss“, erläutere ich. „Ein Pferd, das unter Beruhigungsmitteln steht, ist merkwürdig gleichgültig; es bewegt seine Ohren kaum, schlägt nicht mehr mit dem Schweif und reagiert überhaupt nur sehr gedämpft. Außerdem sind seine Augen glasig. Favory war aber die ganze Zeit über hellwach und voll bei der Sache; seine Ohren haben hin und her gespielt und er hat immer wieder aufgeregt mit dem Schweif geschlagen.“

„Ein betäubtes Pferd sieht mit Sicherheit anders aus“, bestätigt Janine.

Paulina seufzt: „Ich frage mich nur: Wieso haben die Erdelyis dann diese schaurigen Stopps auf der Lichtung gemacht? Warum tun sie dem armen Favory so etwas an?“

Oha, die brutalen Vollbremsungen im Wald! Die hatte ich vor lauter Freude über unseren Erfolg mit Filou total vergessen. Dabei ist das doch erst vier Tage her!

„Von was redet ihr denn?“ fragt Janine.

„Am Dienstag sind Paulina und ich zusammen ausgeritten“, kläre ich sie auf. „Dabei haben wir Arpad und seinen Vater auf einer Lichtung im Wald beobachtet. Die beiden haben uns zum Glück nicht bemerkt. Und stell dir vor: Die haben mit Favory ständig Vollbremsungen aus dem vollen Galopp gemacht.“

„Du glaubst ja nicht, wie brutal das aussah!“, fügt Paulina hinzu. „Wenn die gewusst hätten, dass ihnen jemand zusieht, hätten die sich bestimmt in Grund und Boden geschämt. Und mit Sicherheit hätten sie versucht, uns gegenüber irgendwelche Ausreden zu erfinden.“

„Favory ist in vollem Tempo angaloppiert und dann hat er so scharf abgebremst, dass er noch ein Stück weit über den Waldboden geschlittert ist", erinnere ich mich.

Und Paulina schimpft: „Kein Wunder, dass Arpad und sein Vater sich dafür in den Wald verdrückt haben. In der Halle oder auf dem Reitplatz hätten sie nämlich viel zu viele Zuschauer gehabt. Und von denen hätten sie einiges zu hören gekriegt, das kannst du mir glauben!"

„Natürlich ging es da auch um diesen Historienfilm", ergänze ich. „Der Regisseur möchte wohl, dass der Held aus vollem Galopp vor einem Boten anhält. Der drückt ihm einen Brief in die Hand und dann soll er sofort wieder losgaloppieren."

Paulina verdreht die Augen. „Die Zuschauer im Kino werden total beeindruckt sein."

Ich nicke heftig. „Aber klar doch! Die werden denken: Mannomann, der Travis Lauter kann aber toll reiten! In Wirklichkeit sitzt aber Attila Erdelyi im Sattel. Und der macht mit solch brutalen Aktionen die Gelenke seines Pferdes kaputt."

„Aber das ist dem Regisseur schnurzpiepegal. Hauptsache, dem Publikum gefällt's!", schimpft Paulina mit blitzenden Augen. „Und die Erdelyis tun alles, was man ihnen sagt, weil sie damit viel Geld verdienen. Eigentlich ist das schon fast Tierquälerei."

Janine reibt sich das Kinn, dann meint sie: „Das muss nicht sein."

„Äh … nein?", fragt Paulina überrascht.

„Na ja", erklärt unsere Freundin. „Diese Lektion

gibt es auch bei uns Westernreitern. Sie heißt ‚Sliding Stop'. Die amerikanischen Cowboys machen das beim Rinderhüten. Allerdings beherrschen so was nur echte Meisterreiter. Ich werde mit Sicherheit noch Jahre brauchen, bis ich das kann. Aber der Sliding Stop ist weder brutal noch schädlich für ein Pferd. Zumindest, wenn es gut dafür ausgebildet wurde und wenn sein Reiter alles richtig macht."

Überrascht sehe ich Janine an und Paulina klappt die Kinnlade hinunter.

„Wie hat Favory denn ausgesehen, als er diese Vollbremsungen gemacht hat?", will Janine wissen.

Weil wir uns ratlose Blicke zuwerfen, versucht sie es noch einmal: „Ich meine: Hat er eher mit seinen Vorderbeinen oder mit seinen Hinterbeinen abgebremst?"

„Ich hab nicht die geringste Ahnung", gestehe ich. „Darüber haben wir uns gar keine Gedanken gemacht."

Sie runzelt die Stirn. „Gut, dann frage ich noch anders: Wie war Favorys Körperhaltung, als er gebremst hat?"

„Die war schon irgendwie komisch", gesteht Paulina. „Es hat so ausgesehen, als würde er sich jeden Moment auf den Hintern setzen."

Janine atmet tief durch.

„Ja, und was hat das zu bedeuten?", frage ich ungeduldig.

Statt zu antworten, hakt unsere Freundin noch einmal nach: „Und wie oft haben sie diese Sliding Stops hintereinander geritten?"

„Als wir gekommen sind, haben die beiden gerade beschlossen, eine Pause zu machen", erinnert sich Paulina.

„Dann hat Herr Erdelyi noch gesagt, sie hätten vorher dreimal geübt oder so."

„Nach der Pause haben sie es noch einmal versucht", füge ich hinzu. „Und danach haben sie Schluss gemacht."

„ So ähnlich hat mein Trainer mir den Sliding Stop auch erklärt: Er meinte, dass man die Übung nicht zu oft hintereinander machen darf, weil man sein Pferd sonst vielleicht überanstrengt", meint Janine. „Die Erdelyis haben anscheinend alles richtig gemacht"

„Und wieso ist das jetzt keine Tierquälerei?", frage ich, immer noch ein bisschen ratlos.

„Sliding Stops machen einem Pferd nur dann die Gelenke kaputt, wenn es beim Abbremsen sein Gewicht auf die Vorderbeine legt", erklärt Janine. „Die sind dafür nämlich viel zu schwach. Aber wenn das Pferd sein Gewicht beim Bremsen vor allem auf die Hinterbeine verlagert, schadet es sich nicht, weil die Hinterbeine viel stärker sind. Und wenn Favory bei seinen Sliding Stops beinahe auf seinem Hinterteil gesessen hat, dann hat er es mit Sicherheit genauso gemacht."

„Irgendwie klingt das logisch", überlege ich laut. „Das ist dann wie beim Dressurreiten: Wir sollen unsere Pferde ja auch so reiten, dass sie den größten Teil ihres Gewichtes mit ihren Hinterbeinen tragen, weil das besser für die Gelenke ist und so."

„Ja, eben", bestätigt Janine. „Außerdem haben die Erdelyis den Sliding Stop nicht so oft geübt und zwischendurch haben sie sogar eine Pause gemacht. Ich finde das ziemlich verantwortungsvoll und vorsichtig."

Paulinas Gesicht hat einen verträumten Ausdruck angenommen. „Hach“, seufzt sie. „Dann ist Arpad ja doch genau der tolle Typ, für den ich ihn zuerst gehalten habe.“

Oh nein!, denke ich genervt. Emilys verliebtes Theater reicht mir doch schon voll und ganz. Muss Paulina jetzt auch noch für Arpad schwärmen?

Zugegeben: Er versteht eine Menge von Pferden und er ist viel netter, als ich gedacht habe. Und er sieht gut aus. Also sehr gut. Okay. Aber dafür muss man ihm doch nicht gleich sein Herz zu Füßen legen!

Doch ich sage nichts. Weil ich mich jetzt nämlich endgültig wie erschlagen fühle. Das ist eigentlich auch kein Wunder: Filou ist über die Höllbachbrücke gegangen und meine letzten Zweifel, dass die Erdelyis gefühllose Pferdequäler sein könnten, wurden gerade weggefegt. Jetzt darf ich wirklich ohne schlechtes Gewissen mit Maja befreundet sein! Und wenn sie und ihre Familie zu diesen superseltenen Pferdeexperten gehören, von denen meine Mutter am letzten Sonntag gesprochen hat, dann will ich jede Menge von ihnen lernen.

Was Mama wohl sagen wird, wenn sie erfährt, was wir heute mit Filou geschafft haben?, überlege ich, als ich mich von meinen Freundinnen verabschiede und zu meinem Fahrrad zurückgehe. Bestimmt wird sie es zuerst nicht glauben. Aber dann wird sie sich riesig freuen.

Plötzlich kann ich es gar nicht mehr erwarten, endlich nach Hause zu kommen. Ich trete in die Pedale, was das Zeug hält, und flitze nur so über die Kastanienallee.

Ich habe mir ja schon gedacht, dass meine Mutter wegen unseres Ponys total froh sein würde. Aber dass sie *so* überglücklich ist, damit hab ich nun doch nicht gerechnet. Sie ist so fassungslos, dass ich ihr alles zweimal erzählen muss. Und dabei beginnt sie, über ihr ganzes Gesicht zu strahlen. Als ich an der Stelle ankomme, an der ich mit Filou ganz locker an der Statue vorbeigegangen bin, fällt sie mir doch tatsächlich um den Hals!

Ich hab noch nie erlebt, dass sie so aus dem Häuschen war.

„Das ist ja wunderbar, das ist gigantisch, einfach unglaublich!", ruft sie aus. Dann schüttelt sie zum x-ten Mal an diesem Vormittag den Kopf.

Ich glaube, die Nachricht ist immer noch nicht so richtig bei ihr angekommen.

„Arpad hat sich mit Sicherheit ziemlich wehgetan", meint sie.

„Mach dir mal keine Sorgen", beruhige ich sie. „Er hat das mit seiner aufgeschürften Hand total locker genommen, weil er sich so sehr über unseren Erfolg mit Filou gefreut hat."

Sie nickt. „Trotzdem möchte ich wissen, wie es ihm geht. Überhaupt will ich Maja und Arpad unbedingt kennenlernen und mich bei ihnen bedanken. Weißt du, was? Ruf die beiden an und lade sie in das Eiscafé am Kirchplatz ein. Vielleicht haben sie ja schon heute Nachmittag Zeit."

Genau das tue ich. Während Mama für uns beide Kartoffelsalat mit Würstchen macht, verabrede ich mit Arpad, dass wir uns um halb vier vor dem Eiscafé treffen. Dann ziehe ich endlich meine schmutzigen Klamotten aus und nehme eine ausgiebige Dusche.

Als Mama, Hektor und ich uns gegen Viertel nach drei zu Fuß auf den Weg zum Eiscafé machen, ist es drückend schwül geworden.

„Puh!“, seufzt meine Mutter und wirft einen Blick auf unseren Hund, der mit heraushängender Zunge lustlos neben uns hertrottet. „Ich bin heilfroh, dass es auf Filous Weide so viel Schatten gibt. Sonst wäre die Hitze für das alte Kerlchen bestimmt kaum zu ertragen.“ Sie schaut zum Horizont. „Du, ich glaube nicht, dass du nachher noch zum Reiten kommst. Es wird wohl bald ein Gewitter geben. Hast du die dunklen Wolken gesehen, die dort hinten aufziehen?“

Nein, bisher noch nicht. Aber jetzt, wo sie es sagt …

„So was hat der Wetterbericht aber nicht angekündigt“, seufze ich frustriert. Ich hatte mich so auf den Ausritt mit Maja gefreut. Aber dann sage ich mir: Es kann ja nicht immer alles klappen. Egal, ob ich heute Abend noch reiten kann oder nicht, so ein dummes Gewitter macht meine gute Laune auch nicht kaputt. Heute ist und bleibt ein Glückstag!

Wir biegen in die Leonhardsgasse ein, einen recht schattigen, schmalen Weg, der zwischen hohen Mauern hindurch zum Kirchplatz führt. Am anderen Ende können wir schon die hübschen, alten Fachwerkhäuser sehen, die den Platz umgeben. Dann sind wir am Dorfbrunnen angekommen, neben dem Luigi, dem das Eiscafé gehört,

Stühle, Tische und ein paar große Sonnenschirme aufgestellt hat.

Arpad und Maja sind noch nicht da. Aber wir sind ja auch ein paar Minuten zu früh. Irritiert bemerke ich, dass ich ein bisschen aufgeregt bin. Warum eigentlich? Es gibt doch gar keinen Grund. Na, vielleicht liegt es ja an diesem unerträglich schwül-heißen Wetter.

Wir lassen uns auf zwei Stühlen nieder und Hektor legt sich hechelnd neben uns auf den Boden.

Die Kirchturmuhr hat gerade halb vier geschlagen, als Arpad und Maja am anderen Ende des Platzes um die Ecke biegen. Ich winke ihnen zu.

So, wie Maja mit hochgezogenen Schultern auf uns zuschleicht, wirkt sie ein bisschen verunsichert, stelle ich fest. Aber das ist sie ja immer, wenn sie mit jemandem zusammentrifft, den sie noch nicht kennt. Und normalerweise taut sie schon nach ein paar Minuten wieder auf.

Arpad wirkt viel selbstbewusster. Zu meiner Erleichterung humpelt er auch nicht mehr.

„Guten Tag, Frau Vogler. Hi, Zoe", begrüßt er uns. Ein bisschen steif steht er vor meiner Mutter und streckt ihr zögernd seine bandagierte rechte Hand hin.

Du bist wohl doch ein bisschen unsicher, stelle ich amüsiert fest. Wer hätte das gedacht?

„Hallo, ihr beiden." Vorsichtig nimmt Mama Arpads Hand. „Das ist heute Morgen mit Filou passiert, oder? Tut mir echt leid."

Arpad zuckt die Achseln. „Halb so schlimm, ehrlich. In ein paar Tagen ist alles verheilt und dann kräht kein Hahn mehr danach. Aber wir wissen jetzt, warum Filou solche Angst vor der Höllbachbrücke hat. Das war es doch wert, oder?“

Mama lächelt. „Wenn du es so siehst … Auf jeden Fall vielen Dank!“ Jetzt schüttelt sie auch Maja die Hand. Dann fordert sie die beiden auf: „Setzt euch doch!“

Kaum haben sie sich auf zwei Stühlen neben uns niedergelassen, als sich Hektor schwerfällig erhebt und zu ihnen trottet. Er begrüßt sie mit freundlichem Schwanzwedeln und beschnuppert sie interessiert. Als er Maja auch noch seine große Pfote aufs Knie legt, vergisst sie ihre Verlegenheit sofort.

„Du bist aber ein netter Kerl“, freut sie sich und beginnt, ihn zu knuddeln.

„Dass unser Hund gleich zu euch kommt, ist eine Auszeichnung“, erklärt Mama. „Das macht er fast nie. Normalerweise muss er fremde Leute zuerst näher kennenlernen. Ihr beiden habt offenbar ein gutes Händchen für Tiere.“

Frau Salvatore kommt an unseren Tisch, um unsere Bestellung aufzunehmen.

„Nehmt euch ruhig einen großen Eisbecher und eine Cola, einen Kakao oder einen Milk-Shake!“, fordert meine Mutter Arpad und Maja auf. „Das gilt auch für dich, Zoe. Heute habt ihr euch eine große Belohnung verdient.“

Die beiden werfen ihr einen verlegenen Blick zu, aber dann tun sie wie geheißen: Arpad nimmt einen „Früchtebecher XL“ und eine Cola, Maja den „Schokotraum mit Pralinen“ und eine Limo. Ich entscheide mich für Spaghettieis mit Erdbeersoße und einen Kakao, Mama nimmt eine Waffel mit Vanilleeis und einen Cappuccino und Hektor kriegt immerhin eine Schüssel Wasser.

Als Frau Salvatore gegangen ist, müssen auch Arpad und Maja meiner Mutter noch einmal haarklein erzählen, was wir heute Morgen mit Filou gemacht haben.

„Noch einmal: danke", sagt Mama mit Nachdruck. „Gleich morgen werde ich mit Herrn Sattler sprechen. Vielleicht lässt er sich ja dazu überreden, das Kreuz endgültig von der Statue zu entfernen."

Da bringt Frau Salvatore unsere Eisbecher und wir fangen an zu löffeln.

„Zoe sagt, Sie seien von Beruf Tierheilpraktikerin", meint Maja, nachdem sie sich genüsslich die erste Praline auf der Zunge hat zergehen lassen.

„Das stimmt", bestätigt Mama. „Ich arbeite mit Homöopathie und chinesischer Medizin, also auch mit Akupunktur."

Jetzt kennt Maja kein Halten mehr. Sie fragt meine Mutter regelrecht aus und die erzählt und erzählt: von ihren Methoden, von skurrilen Besitzern und merkwürdigen Fällen.

„Ich möchte später Tierärztin werden", erklärt Maja strahlend. „Wenn ich Ihre spannenden Geschichten höre, kann ich es kaum noch erwarten, bis ich endlich mit der Schule fertig bin. Genauso wenig wie Arpad darauf warten kann, endlich in Papas Fußstapfen zu treten."

Ihr Bruder trinkt einen Schluck Cola. „Worauf du dich verlassen kannst", knurrt er dann.

Ich höre dem Gespräch nur mit halbem Ohr zu. Gerade ist mir nämlich wieder eingefallen, dass ich die Erdelyis danach fragen wollte, ob ich bei den Filmaufnahmen zusehen darf. Jetzt wäre doch eigentlich die Gelegenheit dazu. Erst recht, weil Mama auch hier ist. Wenn Arpad und Maja dabei sind, kann sie wohl kaum einfach Nein sagen.

„Übrigens wird Herr Erdelyi in zwei Wochen als Stuntman bei einem historischen Abenteuerfilm mitspielen", beginne ich. „Das ist sogar eine richtige Hollywood-Produktion und er wird Travis Lauter doubeln."

„Wir haben keine Ahnung, ob der überhaupt reiten kann", grinst Arpad.

„Das klingt richtig aufregend", meint Mama.

Irre ich mich oder hat sie gerade wirklich leuchtende Augen gekriegt? Dann hab ich jetzt bestimmt gute Chancen, dass sie einverstanden ist.

Also stelle ich die Frage aller Fragen: „Die Dreharbeiten finden doch in den Sommerferien statt. Könnte ich vielleicht einmal zuschauen?"

Zweifelnd schaut meine Mutter Arpad und Maja an. „Ist das erlaubt?"

Zu meinem Schrecken sehen die beiden nicht gerade erfreut aus. Sie werfen mir sogar derartig bedauernde Blicke zu, dass ich schon ahne, wie ihre Antwort ausfallen wird.

„Na ja ... Also, ich fürchte, das wird schwierig. Zuschauer sind bei den Dreharbeiten nämlich nicht gern gesehen", erklärt Maja zögernd.

Aus der Traum!, denke ich enttäuscht.

Doch im nächsten Moment fahre ich erschrocken zusammen, denn urplötzlich zuckt ein grelles Licht über den Himmel. Dann wird es ein paar Atemzüge lang dunkel, weil eine dicke graue Wolke an der Sonne vorbeizieht. Weit entfernt ertönt leises Donnern.

Hektor beginnt, ängstlich zu fiepen. Donner und Gewitter kann er absolut nicht leiden. Nur Feuerwerk und explodierende Knallkörper findet er noch schlimmer.

Ich recke den Hals und sehe, dass sich unbemerkt eine schwere grüngraue Wolkenwand am Himmel an uns herangeschlichen hat.

Auch Arpad hat kurz aufgeschaut. Jetzt wendet er sich wieder mir zu und ich sehe ihm an, wie leid ihm die Absage tut.

„Der logische Grund für das Verbot ist, dass bei solchen Dreharbeiten jedes noch so leise Geräusch von den Mikrofonen aufgezeichnet wird", erklärt er. „Je mehr Leute überflüssigerweise um die Filmcrew herumstehen, umso eher gibt es Unruhe und unnötigen Lärm."

„Vielleicht kann Papa mal nachfragen, ob sie für dich eine Ausnahme machen", schlägt Maja vor.

„Nein, das möchte ich absolut nicht", sage ich entschieden. „Am Ende bekommt er wegen mir noch Ärger. Und das ist wirklich das Letzte, was ich will."

Damit die beiden mir nicht ansehen, wie traurig ich bin, starre ich beim Reden auf die kläglichen Reste aus geschmolzenem Vanilleeis am Boden meines fast leeren Bechers.

„Du hast recht, Zoe", bestärkt mich meine Mutter.

„Moment mal!" Plötzlich strahlt Maja über das ganze

Gesicht. „Arpad, erinnerst du dich noch an den Zettel, den Papa mir gestern gezeigt hat?“

„Du meinst den Brief von den Filmleuten?“, fragt er.

„Ja, genau! Da steht, dass sie ein Mädchen suchen, das gut reiten und am besten sogar sein eigenes Pferd mitbringen kann.“

„Sie soll als Statistin die Kammerzofe der schönen Prinzessin spielen, in die sich der Held verliebt“, ergänzt Arpad.

„Das Ganze ist sogar ziemlich gut bezahlt, weil man reiten können muss, also Spezialkenntnisse braucht, und weil man sein Pferd mitbringen soll“, fährt Maja fort. „Aber …“, ein bisschen verlegen schaut sie in die Runde, „ich möchte das nicht machen. So was ist einfach nicht mein Ding. Doch wenn du wirklich bei den Dreharbeiten dabei sein möchtest, dann …“

„*Ich?*“ Mir klappt die Kinnlade hinunter.

„Natürlich“, ermutigt mich Arpad. „Du kannst gut reiten und du hast ein total süßes und normalerweise ziemlich cooles Pony. Außerdem steht in dem Brief, dass die Statistin mindestens zwölf Jahre alt sein muss und am besten lange Haare hat. Das bedeutet: Du erfüllst alle Voraussetzungen.“

„Meint ihr wirklich?“

„Na klar, warum denn nicht?“, versichert mir Maja. „Die Burg, wo gedreht wird, ist ja nicht weit weg. Papa und Favory werden jeden Tag von hier aus dorthin fahren. Da könnten sie dich und Filou doch gut mitnehmen.“

„Mensch, mach das unbedingt!“, drängelt mich Arpad.

„Das Ganze ist zwar ziemlich anstrengend, aber es macht auch Spaß. Und wenn man sich hinterher auf der Kino-Leinwand sieht, ist das wirklich das Allergrößte!"

„Aber beeil dich mit deiner Bewerbung", wirft Maja ein. „Nächste Woche will die Filmgesellschaft nämlich in den Tageszeitungen in dieser Gegend eine Anzeige aufgeben. Wenn du dem zuvorkommst, wirst du bestimmt zum Casting eingeladen. Wetten, dass die dich nehmen? Du passt so was von genau zu der Beschreibung, die sie uns gegeben haben ..."

Allmählich wird mir klar, wie gerne ich bei so einem Film mitmachen würde. Fragend sehe ich meine Mutter an.

„Ich weiß nicht so recht", meint sie unsicher. „Ist so was denn gefährlich?"

„Ach was", verneint Arpad. „Passieren kann ja immer irgendwas, sogar wenn man die Treppe hinuntergeht oder über einen Zebrastreifen die Straße überquert. Aber die Statisten machen niemals die riskante Arbeit. Die erledigen immer nur die Stuntmen."

Maja nickt. „Zoe muss mit Sicherheit nur still auf dem Pferd sitzen oder im Trab durch das Bild reiten und so weiter. Auch von Filou wird nichts Unmögliches verlangt. Allzu anstrengend wird es für ihn mit Sicherheit auch nicht sein."

„Dann habe ich nichts dagegen", erklärt Mama lächelnd. „Im Gegenteil: Ich finde das Ganze sehr spannend. Was sollte denn auch dagegensprechen, wenn die Dreharbeiten in den Sommerferien stattfinden?"

„Jippiiie!“ Fast hätte ich die Arme hochgerissen. Aber der nächste grelle Blitz, gefolgt von einem lauten Donnerschlag und Hektors kläglichem Jaulen, jagt mir einen solchen Schrecken ein, dass ich still sitzen bleibe. Dennoch kribbelt es mir überall vor lauter Aufregung und Freude. Das ist die Chance meines Lebens!, denke ich. Heute ist wirklich mein absoluter Glückstag!

Ein Regentropfen platscht auf meine Nase.

„Wir sollten jetzt wirklich so schnell wie möglich nach Hause gehen“, meint Mama und gibt Frau Salvatore, die gerade an einem anderen Tisch abkassiert, ein Zeichen.

„Zoe, möchtest du mit zu uns kommen?“, bietet mir Arpad an. „Dann kannst du gleich das Bewerbungsformular im Internet ausfüllen.“

„Mein Vater hilft dir bestimmt“, ergänzt Maja. „Er ist im Moment zwar noch unterwegs, weil er meine Mutter von der Kinderaufführung im Theater abholt. Aber die beiden müssten bald nach Hause kommen.“

Da klingelt ihr Handy. Sie zieht es aus der Tasche, meldet sich … und wird kreidebleich.

Kapitel 9

Inferno

Majas schockierter Gesichtsausdruck spricht Bände: Etwas Furchtbares ist passiert!

„Ist gut", erklärt sie mit rauer Stimme. „Wir kommen … Nein, ich hab noch keine Ahnung, wie. Vielleicht nehmen wir ein Taxi."

Sie schaltet das Telefon aus und starrt uns mit aufgerissenen Augen an.

„Was ist denn los?", fragt Arpad, weil sie nichts sagt.

„Das war Mama. Papa hatte einen Autounfall", erklärt sie. „Er ist einem kleinen Mädchen ausgewichen, das plötzlich hinter einem parkenden Auto auf die Straße gelaufen ist. Dabei … dabei hat er die Gewalt über sein Auto verloren und ist gegen einen Laternenpfahl geprallt."

„Und? Ist er verletzt?", drängt Arpad.

„Ja. Aber Mama weiß nicht genau, was los ist. Man hat ihr nur gesagt, dass Papa gerade … dass er operiert wird. Die Maskenbildnerin fährt sie ins Krankenhaus. Wir sollen auch so schnell wie möglich dahin kommen."

Mama wirft mir einen vielsagenden Blick zu. Ohnehin weiß ich, dass jemand, der sofort nach einem Unfall operiert wird, in ernster Gefahr ist.

„*Madonna!*", flüstert eine Stimme hinter uns. Sie gehört Frau Salvatore, die eigentlich zum Abkassieren gekommen ist.

„Ich bezahle noch schnell und dann fahre ich euch ins Krankenhaus“, beschließt meine Mutter.

„*No, no, no*“, erklärt Frau Salvatore. „Sie können mir das Geld später geben. Morgen vielleicht oder übermorgen, das ist jetzt egal. Zuerst kümmern Sie sich um die Kinder. Und wir passen auf Ihren Hund auf, solange Sie weg sind. Der arme Kerl hat ja schon jetzt so große Angst vor dem Gewitter, dass er unmöglich alleine bleiben kann.“

Es regnet in Strömen. Anthrazitgraue Wolken bedecken den Himmel; immer wieder spucken sie grelle Blitze aus, denen das laute Krachen des Donners folgt. Sturmböen zerren an dem Gras, den Sträuchern und Bäumen am Straßenrand, treiben abgerissene Blätter, Papierfetzen und zerrissene Plastiktüten vor sich her und rütteln an unserem Auto. Wenigstens ist Mamas Golf das einzige Fahrzeug auf der windgepeitschten, von Pfützen übersäten Landstraße. Trotzdem kriecht es nur im Schneckentempo vorwärts, denn mehr ist in diesem Inferno einfach nicht drin.

Wir sind alle klatschnass, weil der Regen uns auf dem Rückweg zu unserem Haus voll erwischt hat. Aber ich habe keine Ahnung, ob die Tropfen auf Majas Wangen vom Regen kommen oder davon, dass sie heimlich weint. Sie sitzt neben mir auf dem Rücksitz, schaut die ganze Zeit schweigend aus dem Fenster und ringt pausenlos die Hände.

Wie würde ich wohl reagieren, wenn ich wüsste, dass mein Vater oder meine Mutter gefährlich verletzt ist? Vermutlich wüsste ich noch nicht einmal, was ich denken, geschweige denn, was ich machen sollte!

Endlich kommt die Stadt in Sicht.

Erschrocken zucke ich zusammen, als ein riesiger greller Blitz über den Himmel fährt. Fast gleichzeitig kracht so laut der Donner, als würde über uns der Himmel einstürzen. Im nächsten Moment fegt ein derartig scharfer Windstoß über die Straße, dass meine Mutter mit aller Kraft das Lenkrad festhalten muss.

„Bald sind wir da", sagt sie trotzdem mit betont ruhiger Stimme. „Schaut mal: Da vorne ist schon das Ortsschild und danach ist es nicht mehr weit."

Da fährt sie durch eine so tiefe Pfütze, dass das Wasser auf die Frontscheibe des Autos klatscht. Wir rollen an einem einsamen Bauernhof vorbei ... an einer Bushaltestelle ... und passieren endlich das Ortsschild. Dann erreichen wir den großen Verteiler-Kreisel und biegen nach rechts ab, in Richtung Krankenhaus.

„Jetzt müssen wir nur noch den Berg hoch, dann links abbiegen und schon sind wir angekommen", erklärt Mama.

Ich nehme Majas Hand. Sie ist eiskalt.

Endlich rollen wir auf das Krankenhaus zu. Meine Mutter hält vor dem Eingang und lässt uns aussteigen, bevor sie einen Parkplatz sucht. Trotzdem sind wir schon wieder völlig durchnässt, als wir durch die Eingangstür treten.

Arpad erreicht den Informationsschalter als Erster.

„Mein Vater wurde eben hier eingeliefert", keucht er.

„Zuerst sagt man ‚Guten Tag', mein Junge", quäkt die hagere, ältliche Dame auf der anderen Seite des Schreibtisches. Sie betrachtet ihn mit abschätzigem Blick, dann schaut sie auf die Wassertropfen, die aus seinen Haaren fallen und ihren Schreibtisch verunstalten. Pikiert fügt sie hinzu: „Geh da weg, du machst ja alles schmutzig."

Arpad schnappt nach Luft. Aber er geht tatsächlich einen Schritt rückwärts.

„Wie heißt denn dein Vater?", will die Schreckschraube wissen.

„Erdelyi", erklärt er. „Attila Erdelyi. Mit -yi am Ende."

Es dauert quälend lange, bis sie den Namen im Zwei-Finger-System in ihren Computer getippt hat. Mit zusammengekniffenen Augen schaut sie auf den Bildschirm, rückt ihre Brille zurecht und stellt fest: „Tut mir leid, von einem Attila Erdelyi steht hier nichts."

Mir bleibt fast das Herz stehen. Das Johanniter-Hospital ist das einzige Krankenhaus in dieser Stadt, Majas Vater kann also nirgendwo anders gelandet sein. Heißt das etwa, dass er während der Operation gestorben ist?

„Das ist unmöglich!" Arpads Stimme wird alarmierend laut. „Mein Vater ist hier. Das hat uns meine Mutter doch eben erst am Telefon gesagt. Er wird gerade operiert, vielleicht ist er auch schon wieder aus dem Operationssaal heraus, jedenfalls *muss* er in Ihrem verdammten Computer stehen. Also machen Sie gefälligst Ihren Job und finden Sie heraus, wo er ist!"

Die Dame schiebt beleidigt ihre Unterlippe vor. „Nicht in dem Ton, junger Mann!"

„Oh nein!", piepst Maja verzweifelt. „Ich bitte Sie …"

Arpads Augen sind dunkel geworden wie ein tiefer Moorsee, auf dessen Grund heiße Lava brodelt. Durch den nassen Stoff seines T-Shirts kann ich sehen, wie seine Muskeln sich anspannen.

„Er ist in Operationssaal drei", sagt plötzlich eine freundliche männliche Stimme hinter uns.

Wir fahren herum ... und sehen einen grauhaarigen älteren Herrn mit Brille und weißem Kittel.

„Guten Tag, Herr Professor", haucht die Schreckschraube verdutzt.

Der Mann beachtet sie nicht, aber er lächelt uns freundlich zu. „Geht einfach die Treppe hoch in den ersten Stock. Dort sind die Operationssäle ausgeschildert. Eure Mutter wartet auch schon oben."

„Ja, danke. Vielen Dank!", stößt Arpad hervor. Immer zwei Stufen auf einmal nehmend, rennt er die Treppe hinauf, dicht gefolgt von Maja.

Weil ich mit Abstand die Letzte bin, bekomme ich als Einzige mit, dass der Herr Professor in ärgerlichem Ton zu der Schreckschraube sagt: „Und wir beide, Frau Zobel, müssen uns jetzt einmal ernsthaft miteinander unterhalten."

Als ich oben ankomme, sehe ich gerade noch, wie Arpad und Maja rechts um die Ecke in einem Gang verschwinden. Darüber hängt in großen schwarzen Lettern ein Schild mit der Aufschrift *Operationssäle*.

Unsicher tapse ich hinter ihnen her, in einen langen Flur hinein, in dem es wegen des tobenden Unwetters trotz der vielen Fenster ungemütlich düster ist. Offenbar ist niemand auf die Idee gekommen, das Licht einzuschalten. Darum kann ich die zusammengesunkene Gestalt, die am Ende des Ganges auf einem Stuhl hockt, mehr ahnen als sehen. Aber mir ist klar, dass es Frau Erdelyi sein muss. Ihre Kinder sind jetzt bei ihr.

Maja beugt sich zu ihr hinunter, nimmt ihre Hände und fragt mit zitternder Stimme: „Wie geht es Papa?“

„Ich ... weiß es nicht.“ Die Stimme ihrer Mutter ist nur ein heiseres Flüstern. „Man hat mich angerufen, kurz nachdem die Aufführung zu Ende war. Sie haben mir nur gesagt, was passiert ist und dass ... dass Papa gerade operiert wird. Bis jetzt ist auch noch niemand vorbeigekommen, der mich näher hätte informieren können. Dabei sitze ich nun schon so lange hier.“

Arpad murmelt etwas Unverständliches, lässt sich auf den Stuhl neben seiner Mutter sinken und stützt sein Gesicht in die Hände.

Ich dagegen gehe zu Maja und lege meinen Arm um sie und wir setzen uns nebeneinander auf zwei Stühle. Dann hocken wir wartend in dem düsteren Flur, während draußen das Unwetter tobt und die Wassertropfen trommelnd gegen die Fensterscheibe in unserem Rücken treibt. Es regnet und regnet und regnet, fast so, als solle die Stadt, ja die ganze Gegend in einer Sintflut ertrinken.

Irgendwann kommt meine Mutter zu uns, mit leisen, zögernden Schritten. Auch sie ist nass bis auf die Haut.

„Wir wissen noch gar nichts“, sage ich, bevor sie fragen kann.

Sie nickt nur und setzt sich auf den freien Platz zwischen Maja und ihrem Bruder. Dann wirft sie Arpad einen langen, prüfenden Blick zu, nimmt ihn vorsichtig in den Arm und drückt ihn ein bisschen.

Immer noch hängen die Wolken dicht und dunkel über der Stadt, aber der Regen hat fast aufgehört und der Donner dringt nur noch aus der Ferne zu uns herüber. Doch wir hocken immer noch zusammengesunken und schweigend in dem düsteren Krankenhausflur. Ich höre, wie Frau Erdelyi leise schluchzt, und ich bin beinahe froh, dass ich in der schummerigen Dunkelheit nicht sehen kann, wie sie weint. Ohnehin weiß ich nicht, wie ich sie trösten könnte. Wie soll man denn auch jemandem Mut machen, dessen geliebter Ehemann nur wenige Meter entfernt operiert wird, ja vielleicht sogar um sein Leben kämpft?

Eigentlich weiß ich überhaupt nichts – außer dass mir die Angst beinahe die Kehle zudrückt und dass sich dieser unglaubliche Glückstag von einer Sekunde auf die andere in einen Horrortrip verwandelt hat.

Da!

Durch die Milchglas-Scheibe von Operationssaal 3 sehe ich, dass zwei Leute in grüner Kleidung auf uns zukommen.

Arpad springt auf. Und Maja packt meine Hand. Dabei bin ich doch selbst wie gelähmt vor Furcht!

Die Türe geht auf. Zwei junge Ärzte, eine Frau und ein Mann, treten in den Flur.

Ich halte den Atem an.

„Frau Erdelyi?“, fragt die junge Frau.

„Ja, bitte.“ Jetzt steht auch Majas Mutter auf.

Menschenskind! Warum ist es hier bloß so dunkel? So kann ich nicht einmal sehen, was für Gesichter die Ärzte machen.

„Ihr Mann hat es geschafft“, sagt sie. „Wir sind uns jetzt recht sicher, dass er seine schweren Verletzungen überleben wird.“

Aber … das ist ja wunderbar! Wieder wird mir schwindelig, diesmal allerdings vor Freude. Ich bin wirklich heilfroh, dass ich sitzen geblieben bin.

Einen langen Moment ist es ruhig auf dem düsteren Gang. Dann murmelt Arpad: *„Hála Istennek!“*

Das war wohl wieder Ungarisch, denn ich habe kein Wort verstanden. Trotzdem bin ich mir fast sicher, dass er „Gott sei Dank!“ gesagt hat.

Maja dagegen sitzt immer noch still da, ganz so, als hätte sie gar nicht richtig verstanden, was die Ärztin gerade erklärt hat.

Da wird es hell, plötzlich und unerwartet.

Offenbar hat der junge Arzt das Licht angemacht, denn er steht direkt neben dem Schalter.

Jetzt wandert sein Blick von meiner Mutter zu mir. „Gehören Sie auch zur Familie Erdelyi?“

„Nein“, erklärt Mama und steht auf. „Komm, Zoe, wir müssen draußen warten. Solange wir hier sind, darf er nicht sagen, was genau mit Herrn Erdelyi los ist. Das geht nur die engsten Angehörigen etwas an. ‚Arztgeheimnis‘ nennt man das.“

Unsicher sehe ich den Arzt an, doch der wirft mir einen bedauernden Blick zu und nickt.

Also gut, da lässt sich wohl nichts machen.

Doch Maja widerspricht. „Ich möchte aber, dass Zoe bei mir bleibt.“

Fragend sehen die Ärzte Frau Erdelyi an.

„In Ordnung“, erklärt die.

„Gut, dann werde ich unten warten“, meint meine Mutter und macht sich auf den Weg.

„Ich bin Frau Dr. Gerber, Assistenzärztin der Chirurgie“, stellt sich die junge Frau vor, als Mama um die Ecke gebogen ist. „Und das ist Herr Dr. Lange, mein Kollege aus der Anästhesie.“

Frau Erdelyi nickt nur. In dem hellen Licht wirkt sie immer noch sehr angespannt und so blass wie ein Gespenst. Erst jetzt, wo ich den Ausdruck auf ihrem Gesicht sehe, wird mir klar, dass „überleben“ nicht unbedingt heißt, dass Majas Vater wieder ganz gesund wird …

Die freundliche Stimme der Ärztin reißt mich aus meinen Gedanken. „Ihr Mann … euer Vater … ist offenbar sehr gesund und trainiert. Jedenfalls haben wir ihn trotz seiner inneren Verletzungen erstaunlich gut stabilisieren können.“

„Da die Operation so gut gelaufen ist, sind wir wirklich sehr zuversichtlich, dass sich der Patient wieder vollständig erholen wird“, ergänzt ihr Kollege.

„Zweifellos unangenehm, wenn auch nicht weiter besorgniserregend ist, dass sich Ihr Mann außerdem sein rechtes Schienbein gebrochen hat“, erklärt Dr. Gerber schließlich. „Aber in ein paar Monaten sollte auch diese Verletzung ohne Folgen verheilt sein.“

Die beiden machen eine Pause, damit wir die Nachricht in Ruhe verdauen können. Das ist auch bitter nötig, denn meine Erleichterung ist so groß, dass mir ganz wirr im

Kopf geworden ist. Wie mag es dann erst Arpad, Maja und ihrer Mutter gehen?

„Das heißt: Er wird wirklich und wahrhaftig wieder ganz gesund." Arpads Stimme klingt beinahe ungläubig.

„Ja", bestätigt die Ärztin. „Aber ich muss noch einmal wiederholen: Er wird sicherlich einige Monate brauchen."

„Das ist jetzt nicht so wichtig", erklärt Frau Erdelyi. „Auf jeden Fall: danke. Vielen, vielen Dank!"

„Können wir jetzt zu ihm?", fragt Maja.

Der Arzt wiegt den Kopf. „Nein. Noch nicht. Er befindet sich noch im Aufwach-Raum. Wir geben Ihnen Bescheid, sobald Sie zu ihm können. Oder noch besser ..."

Er unterbricht sich, um unsere durchnässten Gestalten eingehend zu betrachten. Ich folge seinem Blick – und stelle erst jetzt überrascht fest, dass sich unter jedem unserer Stühle eine beachtliche Pfütze gebildet hat.

„Ich denke, Sie sollten zuerst nach Hause fahren, eine warme Dusche nehmen und sich trockene Kleidung anziehen", rät er. „Sobald der Patient ansprechbar ist, rufen wir Sie an. Dann kommen Sie hierher zurück."

„Mich bringen jetzt keine zehn Pferde von hier weg." Arpad verschränkt seine Arme vor der Brust und sieht die beiden Ärzte an, als würden sie ihn mit einem Revolver bedrohen.

„Ich verstehe Sie ja", meint Dr. Lange. „Aber Sie können hier im Moment absolut nichts tun. Und niemandem ist geholfen, wenn sich heute Abend noch jemand eine Erkältung holt. Dann müssen wir Sie nämlich tagelang von dem Patienten fernhalten."

Arpad wirft ihm einen entsetzten Blick zu.

„Also gut“, erklärt Frau Erdelyi. „Wir fahren nach Hause.“

Als wir das Krankenhaus verlassen, hat sich ein rosa Schimmer über die letzten dunklen Wolken gelegt. Der Sturm ist vorbei, nur ein schwacher Wind weht noch über den Parkplatz und kräuselt das Wasser in den vielen Pfützen.

Zu fünft quetschen wir uns ins Auto und meine Mutter lässt den Motor an. Frau Erdelyi hat ihr schon im Krankenhaus kurz erzählt, was der Arzt uns gesagt hat. Nun erklärt sie ihr alles noch einmal genauer.

„Puh!“, meint Mama, als sie fertig ist. „Das klingt wirklich gefährlich. Aber jetzt hat er ja zum Glück das Schlimmste überstanden.“

„Das haben die Ärzte auch gesagt“, bestätigt Arpad.

„Ich frage mich nur: Womit hat er so etwas verdient?“, beklagt sich Maja. „Schließlich hat er niemandem etwas zuleide getan. Er kümmert sich doch nur um seine Pferde und trainiert mit ihnen für Filmaufnahmen. Was ist da denn schon Schlimmes dabei?“

„Das Leben ist nicht immer gerecht, Maja“, seufzt ihre Mutter.

„Außerdem: Am Ende ist das Ganze doch recht gut ausgegangen. Alles hätte viel schlimmer kommen können“, versucht Mama, sie zu trösten.

Für eine Weile herrscht Schweigen. Wir sind erschöpft und müssen das Erlebte erst mal verdauen.

Doch dann schreckt Arpad, der die ganze Zeit aus dem Fenster gestarrt hat, plötzlich auf: „Und was ist mit den Filmaufnahmen?“

Seine Mutter dreht sich zu ihm um. „Diesen Auftrag muss er wohl zurückgeben.“

„Und wo will die Film-Crew auf die Schnelle noch einen Stuntreiter herkriegen, der mit seinem Pferd all die Tricks beherrscht, die wir seit Monaten mit Favory üben?“, fragt er.

„Das lass mal deren Sorge sein“, beruhigt ihn Frau Erdelyi.

Arpad runzelt die Stirn. Während unseres ganzen Heimweges sagt er kein Wort, aber ich kann ihm deutlich ansehen, dass es in seinem Kopf arbeitet. Ich würde ihn zu gerne fragen, worüber er gerade so intensiv nachdenkt, doch ich habe das Gefühl, dass ich ihn jetzt besser in Ruhe lasse.

Als am nächsten Morgen um halb sieben der Wecker klingelt, hab ich gerade mal vier Stunden geschlafen. Gestern Abend haben wir Hektor von den Salvatores abgeholt. Danach haben wir noch lange bei den Erdelyis gesessen und geredet, und als wir gegen Mitternacht nach Hause gefahren sind, war ich immer noch viel zu aufgewühlt, um schlafen zu können. Stundenlang habe ich mich im Bett herumgewälzt, und als ich endlich eingeschlafen bin, hab ich dauernd von Autounfällen und Krankenhäusern geträumt. Arpad und Maja tun mir so leid und ich bin so traurig, weil ihr Vater die Filmaufnahmen absagen muss!

Meine Mutter hockt genauso übermüdet am Tisch wie ich.

Nach dem Frühstück streichele ich Hektor, der mit der Schnauze auf den Vorderpfoten auf seiner Kuscheldecke liegt und uns mitleidige Blicke zuwirft, noch einmal über den Kopf und verlasse das Haus.

Die großen Pfützen auf meinem Weg zur Bushaltestelle machen meine Stimmung nicht besser. Aber am schlimmsten ist, dass mir Arpad, Maja und ihr Vater nicht aus dem Kopf gehen. Ich möchte wissen, wie es ihnen jetzt geht, aber ich habe nicht den Mut, sie anzurufen.

Eine Weile grübele ich noch hin und her, doch als ich die Haltestelle erreicht habe und der Bus um die Ecke biegt, beschließe ich: Sobald ich eingestiegen bin, werde ich mich bei Maja erkundigen.

Ich hocke mich auf einen einsamen Platz im hinteren Teil des schaukelnden Gefährtes und wähle die Nummer. Dann horche ich gespannt auf das Tuten: Einmal … zweimal …

„Hallo, Zoe."

Huch! Wie schnell das ging! Vermutlich hatte sie das Telefon neben sich gelegt.

„Hallo, Maja. Ich wollte nur hören, wie es deinem Vater geht."

„Ganz gut, sagen die Ärzte", erklärt sie, aber ihre Stimme klingt merkwürdig verzagt. „Es ist nur …" Sie atmet tief durch. „Wir waren heute Morgen ganz früh bei ihm. Er sieht so schlecht aus, so grau und so … so *alt!*"

„Das ist aber kein Wunder", versuche ich, sie zu beruhigen.

„Natürlich nicht“, gibt sie zu. „Es war nur so schlimm, ihn da liegen zu sehen.“

„Ich kann mir das gut vorstellen“, erkläre ich. „Was sagt er denn selbst zu der ganzen Sache?“

„Zuerst hat er nach dem Mädchen gefragt, das ihm fast vor das Auto gelaufen ist“, berichtet sie.

„Dem ist doch gar nichts passiert, oder?“, versichere ich mich.

„Nein, wenigstens das nicht, Gott sei Dank“, meint sie. „Wenn ihr etwas Schlimmes zugestoßen wäre, würde Papa sich das nämlich nie verzeihen, auch wenn er eigentlich gar nichts dafürkann. Und dann hat er von den Filmaufnahmen gesprochen.“ Ihre Stimme klingt zittrig. „Ich meine: Er liegt da, ist schwer verletzt und hat Schmerzen. Er weiß, dass er jetzt monatelang nicht mehr richtig laufen kann, und dann quält er sich auch noch damit herum, dass er für die Dreharbeiten ausfällt. Ihm ist völlig klar, dass der Produzent große Schwierigkeiten haben wird, innerhalb von ein paar Tagen einen Stuntman zu finden, der ihn ersetzen kann. Und er weiß genau, dass der Film garantiert nicht besser wird, wenn Travis Lauter ein schlechtes Reiter-Double hat. Dabei kosten die Dreharbeiten richtig viel Geld! Ich glaube, er hat das Gefühl, dass er die Film-Crew im Stich lässt.“

„Das ist doch Unsinn! Diesen Unfall hat er doch nicht freiwillig gebaut“, werfe ich ein.

„Natürlich nicht!“, beteuert sie. „Aber …“ Sie atmet tief durch. „Papa hat zwar immer gut zu tun gehabt, hauptsächlich mit nachgestellten Ritterturnieren und Auftritten in Pferde-Shows, im Theater oder in der Oper, hier und da auch mal mit der Arbeit für kleinere Filme, Fernsehserien, Dokumentarfilme und so. Aber dieser Hollywood-Film, der wäre eine ganz große Sache gewesen. Und jetzt ...“

Ich weiß beim besten Willen nicht, was ich dazu sagen soll. Also wechsele ich einfach das Thema. „Du kommst heute nicht in die Schule, oder?“

„Nein“, erklärt Maja. „Sagst du bitte schon mal im Sekretariat Bescheid? Das müsste zwar eigentlich meine Mutter machen, aber die sitzt seit unserer Rückkehr aus dem Krankenhaus in der Küche, starrt auf den leeren Tisch und sagt kein Wort. Ich fürchte, dass sich der Schock von gestern Abend bei ihr erst jetzt richtig auswirkt.“

„Klar, das erledige ich für euch“, erkläre ich schnell.

„Kommst du heute Nachmittag denn mal bei uns vorbei?“, fragt Maja noch.

„Wenn ich darf“, antworte ich vorsichtig.

„Aber ja doch“, meint sie. „Dann füllen wir zusammen deine Internet-Bewerbung als Statistin aus.“

Daran hatte ich ja überhaupt nicht mehr gedacht!

„Du, das ist im Moment gar nicht so wichtig“, wende ich ein.

„Warum?“, fragt sie. „Du kannst doch nichts dafür, dass mein Vater den Unfall hatte. Und du wünschst dir doch so sehr, einmal bei Filmaufnahmen dabei zu sein. Also, machen wir’s?“

Von Ferne kommt unsere Schule in Sicht. Darum stehe ich auf und balanciere mit dem Handy am Ohr durch den schaukelnden Bus zum hinteren Ausgang.

„Alles klar“, erkläre ich. „Nach den Hausaufgaben komme ich zu euch rüber, okay? Allzu spät wird es bestimmt nicht, denn wir haben garantiert nicht mehr viel auf."

„Prima", freut sie sich. „Also, bis dann!"

Als ich mein Handy ausschalte, öffnet sich zischend die Tür des Busses. Ich springe hinaus und atme tief durch.

Jetzt, wo ich weiß, dass Majas Vater die Nacht gut überstanden hat, geht's mir gleich ein bisschen besser. Und diesen elenden Schulmorgen werde ich auch noch irgendwie rumkriegen. Jetzt brauche ich mir auch nicht mehr die ganz große Mühe zu geben, denn am Freitag ist Notenschluss.

Als ich per Fahrrad in den Amselweg einbiege, ist es schon fast halb sechs. Weil ich so spät dran bin, trete ich in die Pedale, was das Zeug hält. Warum musste ich auch unbedingt einen Umweg über den Reitstall machen?

Na gut, ich wollte halt nach Filou, Favory und Benno sehen. Normalerweise wäre das ja auch kein Fehler gewesen. Aber gerade heute war es eine echte Dummheit, denn auf Hof Buchental hatte sich die Nachricht von Herrn Erdelyis Unfall bereits wie ein Lauffeuer verbreitet. Wirklich jeder, dem ich über den Weg gelaufen bin, hat mich danach ausgefragt. Sogar Birte, Paulina und Janine. Dabei hab ich denen doch schon in unserer Gruppe bei WhatsApp alles Wichtige erzählt. Na gut, irgendwie kann ich sie ja auch verstehen. Trotzdem: Wenn man immer wieder über das Gleiche reden muss und wenn einem diese Geschichte noch beim zehnten und beim elften Mal tierisch an die Nieren geht, ist das wirklich hart.

Bestimmt fragt Maja sich schon lange, wo ich denn bleibe. Eben habe ich versucht, sie anzurufen, aber es war leider besetzt. Ich bremse vor dem Haus der Erdelyis ab und springe vom Fahrrad, mache mir nicht die Mühe, es abzuschließen, sondern gehe sofort die Eingangstreppe hinauf und klingele.

Maja öffnet mir.

„Hallo!", keuche ich. „Tut mir leid, dass ich so spät dran bin. Stell dir vor …" Weil sie den Zeigefinger auf den Mund legt, spreche ich nicht zu Ende.

Leise gehen wir den Flur entlang und bleiben vor der Wohnzimmertüre stehen. Sie ist nur angelehnt, darum kann ich hören, dass Arpad mit jemandem redet.

Genauer gesagt: Er telefoniert.

„Nein, ich fürchte, da lässt sich absolut nichts machen", beteuert er gerade. „Mein Vater hat innere Verletzungen und ein gebrochenes Bein. Er wird erst in ein paar Monaten wieder einigermaßen einsatzfähig sein, sagen die Ärzte."

„Telefoniert er mit den Leuten von der Filmproduktionsgesellschaft?", flüstere ich.

Maja nickt.

„Aber wir haben doch schon halb sechs. Die müssten längst Dienstschluss haben", wende ich ein.

Sie schüttelt den Kopf. „So kurz vor Drehbeginn ist immer total viel zu tun. Dann arbeiten die Filmleute sogar oft bis in die Nacht."

Ich konzentriere mich wieder auf das Gespräch. Gerade erklärt Arpad: „Ja, das ist wirklich schlimm, für ihn am allermeisten. Aber wir können es wirklich nicht ändern

…“ Er macht eine kurze Pause, dann fährt er fort: „Nein, ich kenne leider keinen Stuntman, der ihn ersetzen könnte. Papas sämtliche befreundete Kollegen sind über den Sommer ausgebucht … Ja, vielleicht. Aber das fragen Sie wohl besser die Ärzte … Alles klar, so können wir es machen. Ihnen auch viel Glück. Und bis morgen!“

Das Gespräch ist beendet. Maja schiebt vorsichtig die Türe einen Spalt weit auf und wir gehen ins Wohnzimmer. Arpad betrachtet mit einem ungläubigen Gesichtsausdruck das Telefon in seiner Hand.

„Und? Wie ist es gelaufen?“, drängt Maja.

„Ganz gut, denke ich“, antwortet er vage.

„Was sollte das eben überhaupt heißen?“, frage ich neugierig.

Arpad lächelt. „Eben habe ich der Produktionsfirma angeboten, dass *ich* anstelle meines Vaters Travis Lauter doubeln werde.“

Nur weil er mir jetzt einen amüsierten Blick zuwirft, registriere ich, dass mir gerade die Kinnlade heruntergeklappt ist.

„Und, was haben sie gesagt?“, fragt Maja, die offenbar bestens informiert war.

„Zuerst waren sie von meiner Idee gar nicht begeistert“, gesteht er. „Aber damit hab ich gerechnet.“

„Die haben trotzdem nicht Nein gesagt, oder?“, will sie wissen.

Jetzt strahlt Arpad über das ganze Gesicht. „Nein, tatsächlich nicht. Sie wollen heute Abend und morgen versuchen, auf die Schnelle doch noch einen erwachsenen, erfahrenen Stuntman aufzutreiben. Aber ich hoffe inständig, dass sie das nicht schaffen."

„Die haben aber mit Sicherheit die allerbesten Kontakte", gebe ich zu bedenken.

Er nickt. „Natürlich. Aber die Dreharbeiten gehen schon in zwei Wochen los und das ist eine verdammt kurze Zeit. Selbst wenn sie noch jemanden finden, wird derjenige kaum in der Lage sein, seinem Pferd all die Kunststücke beizubringen, für die Papa und ich mit Favory seit Monaten trainieren."

„Da hast du auch wieder recht", erkläre ich.

„Allerdings", bestätigt Maja. „Und Papa wäre nie und nimmer bereit, unser Pferd einem fremden Stuntman auszuleihen. Favory kennt denjenigen ja gar nicht und würde bei ihm vieles verweigern, was er für meinen Vater oder für Arpad selbstverständlich macht."

„Die Chancen stehen also gar nicht schlecht für mich", urteilt ihr Bruder.

„Werden deine Eltern das denn erlauben?", überlege ich.

„Das weiß ich auch nicht", seufzt er.

Wenn das mal gut geht!, denke ich. Dein Vater liegt schwer verletzt im Krankenhaus und deine Mutter ist total mit den Nerven fertig. Die haben mit Sicherheit alle beide keine Lust, sich auch noch um dich Sorgen machen zu müssen.

Aber ich will ihm die Hoffnung nicht nehmen. Darum halte ich lieber den Mund.

Kapitel 10

Entscheidungen

„Warum wollen die *das* denn auch noch wissen?", seufze ich.

Jetzt sitzen wir schon seit fast einer Stunde zu dritt am Computer und füllen das ellenlange Formular für meine Bewerbung als Statistin aus. Ich habe schon meinen Namen und meine Adresse angegeben, mein Alter, meine Hobbys, die Rasse meines Ponys und, und, und …

Bei der Rubrik *Berufswünsche* hab ich mir ein bisschen was aus den Fingern gesaugt, denn in Wirklichkeit weiß ich noch gar nicht, was ich einmal werden will. Außerdem habe ich unter der Überschrift *Mein Pferd* ein paar Worte über Filou geschrieben. Dann habe ich noch zwei Fotos von meinem Pony und mir hochgeladen. Und jetzt wollen die auch noch, dass ich „in drei bis fünf Sätzen" beschreibe, warum ich für sie als Statistin arbeiten will! Dabei hab ich nach der viel zu kurzen Nacht gar nicht mehr die Energie, um auch noch über so was nachzudenken.

„Langsam habe ich das Gefühl, als würde ich mich nicht für einen Job als Statistin bewerben, sondern an einem Aufsatz-Wettbewerb teilnehmen", erkläre ich kopfschüttelnd.

„Die wollen halt einen ersten Eindruck von deiner Persönlichkeit bekommen", erklärt Maja. „Leute, die vor der

Kamera auftreten, brauchen nämlich viel Ausstrahlung. Auch Statisten."

„Ich dachte, ich soll da nur rumstehen oder auf Filou durchs Bild reiten", wundere ich mich.

„Ja, aber das bitte schön mit jeder Menge Charme und Präsenz", versichert Arpad. „Glaube mir: Auch das ist wichtig für den Film. Wirklich jeder Darsteller und jedes Detail müssen stimmen, sonst kommt der Film bei den Zuschauern nicht gut rüber."

„Langsam kriege ich eine Ahnung, warum die Dreharbeiten so teuer sind", stelle ich fest. „Was soll ich denn nun in das Formular hineinschreiben?"

„Du musst ihnen klarmachen, dass du ein hübsches, mutiges Mädchen mit viel Charisma bist", fordert mich Arpad auf.

Verdutzt sehe ich ihn an. Bestimmt werde ich auch dunkelrot im Gesicht, denn meine Backen fühlen sich plötzlich ganz heiß an.

„Sag bloß, das hast du noch nicht gewusst", wundert sich Maja.

„Äh … nein, ehrlich nicht. Das hat mir außer euch nämlich noch nie jemand gesagt", stottere ich. „Also, hmmm … Das meint ihr nicht ernst, oder?"

„Doch. Absolut." In Arpads Augen blitzt jetzt wieder sein arrogant-amüsiertes Lächeln auf. „An deiner Stelle würde ich uns einfach glauben. Maja und ich, wir haben einen Blick für so was. Uns bleibt ja auch gar nichts anderes übrig, wo unsere Mutter doch Schauspielerin ist und unser Vater Stuntman."

„Na klar“, bekräftigt Maja. „Wenn ich nicht davon überzeugt wäre, dass du für diesen Job wie geschaffen bist, hätte ich dir nie vorgeschlagen, dich zu bewerben. Ehrenwort.“

„Ja, okay. Meinetwegen“, stimme ich zögernd zu. „Aber was schreibe ich denn nun?“

Eine Zeit lang probieren wir herum, formulieren ein paar Sätze, löschen sie wieder und versuchen es noch einmal. Dann steht unser Text: „Ich liebe es, mich in andere Menschen hineinzuversetzen und in verschiedene Rollen zu schlüpfen. Bei diesem Film mitzumachen, wäre für mich ein echtes Abenteuer, wie eine Reise in eine fremde, schillernde Welt.“

Und bei *Ein paar Sätze über mich* ist zu lesen: „Pferde, Pferde, Pferde – das ist mein Leben, meine letzte Rettung nach langen Schulstunden und endlosen Hausaufgaben. Nichts mache ich lieber, als mit meinem Pony Filou durch die Felder zu streifen.“

„Ist das nicht zu dick aufgetragen?“, zweifele ich.

„Bestimmt nicht. Genau so was wollen die hören“, versichert Arpad.

„Was da steht, passt auch zu dir“, findet Maja. „Vertraue uns einfach, okay?“

„Na gut.“ Ich schicke ein Stoßgebet zum Himmel und klicke auf *Senden*. Dann schalte ich den PC aus und erkläre: „So, ab jetzt kann ich nur noch warten und hoffen.“

Mitfühlend klopft mir Arpad auf die Schulter. „Das geht mir doch genauso.“

Die haben noch nicht geantwortet. Die können auch noch gar nicht geantwortet haben. Weil es dafür nämlich viel zu früh ist.

Das sage ich mir, als mich am nächsten Morgen der Wecker aus dem Schlaf reißt.

Und als ich im Schulbus sitze.

Und in jeder Pause.

Auch in den Schulstunden will und will mir meine Bewerbung einfach nicht aus dem Kopf gehen. Nicht mal in Biologie, obwohl das doch eigentlich mein Lieblingsfach ist. Aber heute hätte unser Lehrer mit unserem Schulskelett im Arm durch den Biologiesaal tanzen können und nicht einmal das hätte mich vom Hocker gerissen. Also schaue ich immer wieder heimlich auf mein Smartphone und tuschele ständig mit Maja darüber.

Natürlich habe ich nach der Schule nichts Eiligeres zu tun, als schon wieder über mein Handy in mein E-Mail-Postfach zu schauen. Aber ich habe selbstverständlich noch keine Post von der Film-Produktionsgesellschaft.

Weil es dafür nämlich immer noch viel zu früh ist.

Trotzdem schaue ich nach dem Mittagessen noch einmal nach.

Und wieder nach den Hausaufgaben.

Diesmal kriege ich einen gehörigen Schrecken. Denn im Postfach ist wirklich und wahrhaftig eine Nachricht der Produktionsgesellschaft!

„Das ist bestimmt nur eine Eingangsbestätigung“, murmele ich atemlos und klicke die Mail an.

Liebe Zoe, steht da zu lesen.

Mit Interesse haben wir Deine Bewerbung zur Kenntnis genommen. Gerne möchten wir Dich für den nächsten Donnerstag- oder Freitagnachmittag zwischen 15.00 und 18.00 Uhr zu einem Casting auf Schloss Greifenstein einladen. Bitte teile uns bis morgen Vormittag die Uhrzeit mit, an der Du Dich bei uns vorstellen kannst. Bringe außerdem eine erwachsene Begleitperson und, soweit möglich, Dein Pferd mit.

Mit freundlichen Grüßen

Anne Davenport, 2. Regieassistentin

Weil ich nicht so recht glauben kann, was dort geschrieben steht lese ich mir den Text dreimal durch. Aber es stimmt wirklich: Filou und ich sind zu einem Casting für einen Hollywood-Film eingeladen!

Ich entscheide mich, Maja und Arpad lieber zu besuchen und mit der Nachricht zu überraschen, denn ich will unbedingt ihre Gesichter sehen. Aber vorher renne ich erst mal zu meiner Mutter in die Praxis.

Als ich dort ankomme, entlässt sie gerade eine ältere Dame und deren Pudel. Zum Glück lässt mich die nette Frau mit der Perserkatze, die eigentlich nach ihr an der Reihe wäre, vor.

„Schau mal, Mama!“, platze ich heraus, noch bevor sie die Tür geschlossen hat, und halte ihr die Mail vor die Nase.

Sie liest und dabei beginnt sie, über das ganze Gesicht zu strahlen.

„Das ist ja toll!“, freut sie sich. „Fragt sich nur: Wie kriegen wir Filou und dich zum Schloss Greifenstein? Ich kann aus der Praxis nicht weg, weil ich jede Menge Termine habe. Ein paar davon sind dringend und ich kann sie unmöglich absagen.“

Darüber hab ich vor lauter Aufregung noch gar nicht nachgedacht. Ich runzele die Stirn.

„Vielleicht können wir die Sattlers fragen“, schlage ich dann vor. „Einer von denen kann mich bestimmt dorthin bringen und gleichzeitig die erwachsene Begleitperson spielen.“

Mama überlegt kurz. „Ja, das könnte gehen“, meint sie dann. „Frau Sattler möchte mir ohnehin schon länger einen Gefallen tun, weil ich ein paarmal kostenlos eines ihrer Pferde behandelt habe. Du kannst sie ruhig fragen.“

„Das mache ich. Und zwar sofort“, erkläre ich und wähle auch schon die Nummer unseres Reitstalles. Ungeduldig zähle ich, wie oft es klingelt.

Nach dem siebten Mal höre ich endlich die vertraute Stimme: „Hallo, hier ist Hof Buchental, Sabine Sattler am Apparat.“

Aufgeregt sprudele ich meine Frage heraus.

„Oh, ein Casting! Das klingt aber spannend“, meint sie. „Ich fahre dich und Filou gerne dorthin, ich bin selbst so neugierig. Und am Donnerstagnachmittag hab ich nichts Wichtiges vor.“

Überglücklich bedanke ich mich, schalte das Telefon aus, lehne mich an die Wand und seufze erleichtert: „Okay, das wäre geschafft.“ Ich drücke Mama kurz und stürme schon wieder zur Tür hinaus. Draußen springe ich aufs Fahrrad und flitze zu Arpad und Maja, um ihnen die frohe Nachricht zu überbringen. Mit quietschenden Bremsen halte ich vor dem Haus der Erdelyis. Gerade geht die Tür auf und Majas Mutter kommt heraus.

„Hallo, Zoe!", begrüßt sie mich, doch dann runzelt sie die Stirn. „Warum bist du so aufgeregt?"

Ich strahle sie an. „Die Film-Produktionsgesellschaft hat mich zu einem Casting als Statistin eingeladen."

Jetzt bringt sogar sie ein kleines Lächeln zustande. „Na wunderbar. Herzlichen Glückwunsch! Maja und Arpad haben mir gestern Abend schon erzählt, dass du dich beworben hast. Sie sind im Wohnzimmer."

„Alles klar", antworte ich. Doch bevor ich zu meinen Freunden gehe, erkundige ich mich noch einmal nach ihrem Mann.

„Deutlich besser als gestern, würde ich sagen."

„Prima", erkläre ich erleichtert.

Ob Arpad schon mit seinem Vater wegen seines Stuntman-Einsatzes gesprochen hat …? Na, das werde ich ja gleich erfahren.

Als ich das Wohnzimmer betrete, schauen die beiden von einem Buch auf, über das sie sich gebeugt hatten. Wortlos halte ich ihnen die Mail auf meinem Handy vor die Nase.

„Hurra!" Maja springt auf und fällt mir um den Hals.

„Hab ich's doch gesagt!", meint Arpad nur, doch seine Augen leuchten.

„Frau Sattler wird Filou und mich am Donnerstagnachmittag hinfahren", erkläre ich. „Und wie steht's bei euch? Was sagt dein Vater, Arpad?"

Er zuckt die Achseln. „Ich hab ihn noch gar nicht gefragt."

„Wir hatten einfach noch keine Gelegenheit dazu", erklärt Maja. „Aber in ein paar Minuten fahren wir wieder zu ihm."

„Dann werde ich ihn fragen", versichert Arpad.

„Kommst du mit ins Krankenhaus?", bietet mir Maja an.

Ich überlege kurz.

„Ist das wirklich so eine gute Idee?", frage ich dann. „Eurem Vater geht es ja noch nicht so gut und fremder Besuch wäre für ihn bestimmt zu anstrengend."

„Nein, Zoe, das sehe ich anders", erklingt die Stimme von Frau Erdelyi hinter mir. „Attila würde sich sogar sehr freuen, dich zu sehen. Das hat er mir jedenfalls eben am Telefon gesagt. Inzwischen weiß er, wie sehr du und deine Mutter uns nach seinem Unfall geholfen haben. Ich glaube, er möchte sich persönlich bei dir bedanken. Komm also ruhig mit. Ich packe noch schnell ein paar Sachen für ihn ein, dann fahren wir los. Arpad, ich wäre dir dankbar, wenn du in dieser Zeit meine Einkäufe aus dem Auto räumen könntest."

„Okay, meinetwegen", brummt Arpad widerwillig und tapst hinter ihr her aus dem Wohnzimmer.

„Hältst du es wirklich für richtig, wenn ich mitkomme?", frage ich Maja unsicher.

„Und wie!", beteuert sie, beugt sich zu mir herüber und

fügt leise hinzu: „Arpad will es ja nicht zugeben, aber er ist ziemlich aufgeregt. Einerseits, weil er diesen Einsatz unbedingt reiten möchte. Immerhin wäre das sein erster Auftrag als Stuntman, und dann gleich bei einer großen Hollywood-Produktion … Andererseits befürchtet er, dass Mama wütend wird, wenn er mit dieser Sache herausrückt. Außerdem hat er Angst, dass er Papa noch zu viel zumutet."

„Das kann ich verstehen", erkläre ich.

„Ich habe jedenfalls den Verdacht, dass Arpad froh ist, wenn du bei uns bist", stellt Maja fest. „Dann kann Mama ihm wenigstens nicht an Ort und Stelle an die Gurgel gehen. Sie muss sich zwingen, ruhig zu bleiben, und zwangsläufig zuerst einmal darüber nachdenken."

„Na dann", meine ich grinsend.

„Ich fände es jedenfalls gut, wenn du mitkommen würdest", bekräftigt sie noch einmal.

„Dann bin ich dabei. Ich muss nur mal wieder meine Mutter anrufen und ihr Bescheid sagen", erkläre ich und ziehe mein Handy aus der Tasche.

Als wir das Krankenhaus betreten, mustere ich Arpad und Maja aus den Augenwinkeln. Seit wir losgefahren sind, haben beide kein Wort gesprochen. Arpad ist inzwischen sogar ein bisschen blass um die Nase. Ich glaube, er ist noch nervöser, als Maja es befürchtet hatte.

Wir gehen die Treppe hinauf in den zweiten Stock und dann durch einen langen Flur. Vor einer der vielen Türen bleibt Frau Erdelyi stehen und klopft an.

„Herein“, erklingt es leise von der anderen Seite.

Sie drückt die Klinke hinunter.

Ehrlich gesagt: Ich hatte sicher nicht mit einem topfitten, strahlenden Herrn Erdelyi gerechnet. Dennoch jagt mir der Anblick des blassen Mannes mit den eingefallenen Wangen, dem geschienten Bein und der Nadel mit dem Infusionsschlauch in der linken Armbeuge einen Schrecken ein. Zum ersten Mal, seit ich ihn kenne, fällt mir jetzt auf, dass sich in seinem dunklen Bart schon ein paar graue Haare befinden.

Nun aber zieht sich ein kleines Lächeln über sein Gesicht, die dunklen Augen, die denen von Arpad so ähnlich sind, leuchten auf … und plötzlich habe ich das Gefühl, alles wäre doch nur halb so schlimm.

„Hallo, Zoe. Ich freue mich.“ Seine Stimme ist leise und ich sehe ihm an, dass ihm das Sprechen wehtut. Weil er seine rechte Hand ein bisschen anhebt, nehme ich sie und drücke sie vorsichtig. Dann beugt seine Frau sich über ihn und gibt ihm einen langen Kuss.

„Zoe hat schon Antwort von der Filmproduktionsgesellschaft“, erklärt Maja, als wir uns hingesetzt haben. „Die haben sie für Donnerstag zum Casting eingeladen.“

Er lächelt wieder, dann nickt er. „Du wärst eine gute Wahl.“

Ich bin von seinem Lob so überrascht, dass ich gar nicht weiß, was ich sagen soll.

„Du Papa, das haben wir ihr auch schon gesagt. Doch ich fürchte, sie hat es uns nicht geglaubt“, grinst Arpad. „Aber jetzt, wo du es sagst … Aua!“

Ich habe ihm einen kräftigen Knuff in die Seite gegeben.

Da klopft es an der Tür und Frau Dr. Gerber, die junge Assistenzärztin von vorgestern Abend, schaut herein.

„Guten Tag zusammen", begrüßt sie uns freundlich. „Frau Erdelyi, kann ich Sie bitte kurz sprechen? Wir müssen wegen der Versicherung noch ein paar kleine Formalitäten klären."

„Ja, natürlich." Majas Mutter steht auf.

Arpad sieht plötzlich total erleichtert aus. Er wartet noch ab, bis sie das Zimmer verlassen hat, dann rückt er seinen Stuhl näher an das Bett seines Vaters.

„Papa, ich muss unbedingt mit dir reden", beginnt er.

Ich hab keine Ahnung, warum er dabei flüstert.

Herr Erdelyi hat offenbar sofort kapiert, dass es um etwas Wichtiges geht, denn er sieht ihn gespannt an.

Arpad beginnt zu erzählen, langsam und stockend zuerst, dann schneller. Und während er redet, werden die Augen seines Vaters immer größer.

„Heute Abend um halb acht wollen mich die von der Produktionsgesellschaft anrufen und mir Bescheid geben, ob sie mich nehmen", endet er. „Ich habe versprochen, dass ich dich noch heute um Erlaubnis frage."

„Du gerissener Gauner", flüstert Herr Erdelyi fassungslos.

„Bitte, Papa, erlaube es ihm!", bettelt Maja. „Arpad wünscht es sich doch so sehr. Außerdem ist das Filmteam ohne ihn schlicht und ergreifend aufgeschmissen."

„Ich muss nachdenken", sagt Herr Erdelyi. Dann schließt er die Augen.

Unsicher sieht uns Arpad an. Sein ängstlicher Blick sagt eindeutig: Hoffentlich habe ich ihm mit dieser Sache nicht zu sehr zugesetzt.

Maja zuckt hilflos die Achseln.

Da sitzen wir nun, schauen auf das stille blasse Gesicht ihres Vaters und warten, während der Sekundenzeiger auf der großen Uhr im Krankenzimmer mit quälender Langsamkeit weiter und weiter über das Zifferblatt kriecht. Wenn sich das Laken über Herrn Erdelyis Brust nicht immer wieder langsam heben und senken würde, könnte man glatt befürchten …

Da öffnet er seine Augen wieder. Und er sagt nur ein einziges Wort: „Einverstanden."

„Ja!", keucht Maja.

Arpad dagegen murmelt: „Mannomann!"

„Du weißt aber, dass einige Stunts sehr schwierig sind", fährt ihr Vater fort. „Wenn du heute Abend wirklich eine Zusage bekommst, musst du noch viel mit Favory üben. Nicht nur wegen der Mauer."

„Das ist doch klar", versichert sein Sohn. „Ich fange gleich morgen an."

Sein Vater nickt. „Gut. Frag mich, wenn du Rat brauchst. Und wenn du vor Ort Hilfe nötig hast, rufe László an. Der lässt dich mit Sicherheit nicht im Stich."

„Klar, das mache ich", versichert Arpad.

„László ist auch Reiter-Stuntman und Papas bester Freund", erklärt mir Maja. „Er macht auch bei dem Film mit."

„Wenn die Dreharbeiten beginnen, kann ich wahrscheinlich als Aufsichtsperson dabei sein“, meint Herr Erdelyi. „Wie die Ärzte mir gesagt haben, stehen meine Chancen gut, dass man mich schon in vierzehn Tagen wieder hier rauslässt.“ Dann sieht er uns verschwörerisch an. „Aber kein Wort zu Mama! Ich werde mit ihr reden. Morgen.“

„Ja, Papa, vielen Dank!“, meint Arpad, aber er klingt immer noch total fassungslos.

Maja dagegen steht auf, beugt sich über ihren Vater und nimmt ihn vorsichtig in den Arm.

Als wir wieder ins Auto steigen und uns auf den Weg nach Hause machen, ist es schon nach sieben Uhr. Frau Erdelyi hat gerade noch Zeit, uns nach Hause zu fahren. Danach muss sie gleich weiter ins Theater, zu ihrer Vorstellung um acht. Trotzdem wirkt sie viel ruhiger als eben noch. Warum das so ist, erfahren wir, als sie aus dem Verteilerkreis abbiegt.

„Frau Dr. Gerber hat mir eben gesagt, das ganze Ärzte-Team sei erstaunt darüber, wie gut Attila sich schon jetzt von seinem Unfall erholt hat“, sagt sie. „Sie meinte, er müsse wirklich ungewöhnlich fit und gesund sein, weil er die Verletzungen so gut wegsteckt.“

„Da hat sie recht“, meint Arpad stolz. „Zeig mir doch mal einen Mann in seinem Alter, der noch so fit ist.“

„He! Er ist gerade mal vierzig“, widerspricht Frau Erdelyi empört.

Arpad grinst nur. Auf den ersten Blick wirkt er völlig ruhig und entspannt. Weil ich neben ihm auf der Rückbank sitze, merke ich aber, wie aufgeregt er in Wirklichkeit ist. Er trommelt nämlich pausenlos mit den Fingern auf seinen Oberschenkeln herum.

Auch für mich vergehen die Minuten wie in Zeitlupe. Und ich glaube, Maja ist nicht besser dran, denn sie bringt während der ganzen Fahrt kaum einen Ton heraus. Stattdessen presst sie ihre Lippen so fest aufeinander, dass sie weiß werden. Zum Glück bemerkt das Frau Erdelyi aber nicht, weil sie viel zu sehr mit ihren Gedanken bei ihrem Mann ist.

Quälend langsam rollen wir zwischen den Feldern hindurch, in die nächste Ortschaft, dann in unser Dorf …

Als wir endlich vor dem Haus der Erdelyis ankommen, ist es schon fast halb acht! Eilig steigen wir aus. Arpad springt sogar so schnell aus dem Auto, dass er mit dem Fuß im Sicherheitsgurt hängen bleibt und der Länge nach auf dem Asphalt landet.

„Vorsicht!“, ruft seine Mutter erschrocken. „Ich habe keine Lust, dich auch noch im Krankenhaus zu besuchen.“

Brummelnd rappelt sich Arpad wieder auf. Er winkt kurz seiner Mutter zu, die schon wieder aus ihrer Parklücke hinausfährt, dann geht er eilig hinter uns her zur Haustür.

„Puh, das war knapp“, meint Maja und schließt die Haustür auf.

Da klingelt das Telefon.

Arpad stürzt zum Apparat und reißt den Hörer aus der Halterung.

„Arpad Erdelyi!“, schnauft er, dann nickt er uns heftig zu. „Hallo!“

Mir bleibt fast das Herz stehen.

Doch da sagt Arpad: „Oh, das ist wirklich schade."

„Jetzt nehmen sie ihn doch nicht", stöhnt Maja enttäuscht.

Wie bitte? Zoe, du hast dich verhört, sage ich mir. Du musst dich einfach verhört haben. Das kann ... nein, es *darf* einfach nicht sein!

„Ja, wirklich ... Mein Vater hat mit Sicherheit die Telefonnummer ... Gut, dann werde ich ihn gleich morgen Mittag anrufen."

Ich horche auf. Was soll das denn jetzt heißen?

„Das sollte auch kein Problem sein, wirklich nicht", versichert Arpad jetzt. „Alles klar. Einen schönen Abend!" Damit ist das Gespräch beendet.

Arpad schaltet das Telefon aus und sieht uns mit einem derartig fassunglos-glücklichen Gesichtsausdruck an, als hätten wir uns gerade in pures Gold verwandelt. Und plötzlich reißt er die Arme hoch.

„Ja, ja, jaaaa!!! Die haben keinen anderen gefunden. *Ich* werde jetzt Stuntman bei *Das Erbe der Musketiere!!!!*", brüllt er, knallt den Hörer auf die Halterung, stürzt auf uns zu und nimmt uns beide gleichzeitig in den Arm.

Zu dritt springen und tanzen wir durch den Flur, bis uns schwindelig wird.

Kapitel 11

Schöne Aussichten

He, nicht so schnell!", ruft mir Maja zu.

„Sag das nicht mir, sondern Filou!", schnaufe ich, denn mein altes Pony ist kaum zu bremsen. In gestrecktem Galopp donnert es vor Favory und Benno über den Feldweg. Jetzt, wo es nicht mehr so heiß ist, könnte man glatt wieder glauben, Filou wäre ein junges Pferd.

Über uns färbt sich der Abendhimmel allmählich rosa, in den Bäumen schmettern die Vögel ihr Abendlied und der Duft blühender Blumen liegt in der Luft.

Heute macht mir unser Ausritt besonders viel Spaß. Das liegt nicht nur daran, dass Arpad und Maja bei mir sind, sondern auch an all den spannenden Dingen, die in der nächsten Zeit auf mich zukommen.

Für eine Weile lasse ich Filou noch freien Lauf. Dann wird er von selbst langsamer, ich nehme die Zügel an und lasse ihn Schritt gehen.

„Erzähl mir nie wieder, dein Filou wäre über zwanzig. In Wirklichkeit ist er keine zehn Jahre alt", stellt Arpad lachend fest. Glücklich grinse ich ihn an.

Was nicht alles passiert ist, seit die Erdelyis mit Favory und Benno auf Hof Buchental angekommen sind, denke ich. Jetzt habe ich eine neue Freundin gefunden und Pferde kennengelernt, die für ihre Reiter buchstäblich durchs

Feuer gehen. Dank Maja und Arpad hat mein Filou seine schlimmste Angst überwunden. Ich habe so viel über Pferdetraining gelernt wie noch nie in meinem Leben. Und nun wird Arpad auch noch Stuntman in einem Hollywood-Film und ich stelle mich dort als Statistin vor! Es ist, als hätte sich mir eine ganz neue Welt eröffnet.

Inzwischen haben wir den Hof Buchental fast erreicht. Das Einzige, was uns noch von ihm trennt, ist die steinerne Höllbachbrücke. Herr Sattler hat der Heiligenfigur endgültig das Metallkreuz aus der Hand genommen. Trotzdem schlägt mein Herz schneller. Filou dagegen geht mit gespitzten Ohren und in zügigem Schritt weiter. Ohne zu zögern, setzt er seine Hufe auf die Brücke ... und marschiert an der steinernen Statue vorbei, als sei es das Selbstverständlichste auf der Welt.

„He, super!“, freut sich Maja hinter mir.

Ich drehe mich zu ihr und Arpad um. „Ohne euch hätten wir das nie geschafft.“

„Tja, nicht verzagen, Stuntman fragen“, witzelt Arpad.

Ich strahle ihn an. „Da hast du ausnahmsweise recht. Und wisst ihr, was? Auf das Casting bin ich so was von gespannt! Ich glaube, die nächsten Ferien werden die spannendsten meines Lebens.“

Wie es weitergeht, erfährst Du im 2. Band von **Zoe. Das Glück hat vier Hufe**. Alle Infos dazu und noch mehr auf www.arena-pferdebuecher.de

Angela Waldmann
Zoe. Das Glück hat vier Hufe

Filmstars im Galopp

Zoes Traum geht in Erfüllung: Sie und ihr Pony Filou werden die ganzen Sommerferien über bei einem richtigen Hollywoodfilm mitmachen. Als Statisten. Zum Glück ist auch Arpad mit dem erfahrenen Stuntpferd Favory dabei. Gemeinsam trainieren Zoe, Arpad und Maja mit den Pferden für den Dreh. Als sich Zoe dann auch noch mit dem gutaussehenden Hauptdarsteller anfreundet, ist die Katastrophe perfekt.

Ritt in die Freiheit

Zwischen Zoe und Arpad fliegen die Funken. Was sollte dieser Kuss bedeuten? Als wäre das nicht aufregend genug, hat Zoes Herz auch noch mit einer anderen Sache zu kämpfen: Sie hat sich in Amorio verknallt. Doch das Pferd gehört nicht ihr, sondern ausgerechnet Emily! Als ihr Amorio mal wieder durchgeht, soll das Tier an einen skrupellosen Pferdehändler verkauft werden. Das muss Zoe verhindern!

Arena

192 Seiten • Gebunden
ISBN 978-3-401-60134-2
Beide Bände auch
als E-Books erhältlich

216 Seiten • Gebunden
ISBN 978-3-401-60205-9
www.arena-verlag.de